JN037949

きまぐれ学問所

星 新一

角川文庫
22119

目次

本書に収録されたエッセイは
一九八七年から一九八九年にかけて
「野性時代」に連載されたものです。

つぎの未来は

若さが希薄になれば、抵抗もへるせいか、なかを進む時間の動きも早くなる。

わが家の書棚のなかに、一群の本がある。

『百年後の世界』（荒地出版社）昭和三十三（一九五八）年。生化学者ボナー、ほか地球科学者、心理学者など三氏の執筆。

『人間の未来』（みすず書房）昭和三十九（一九六四）年。ノーベル医学賞を受けたメタウオー教授の講演。

『明日はこうなる』（ダイヤモンド社）同じく昭和三十九年。筆者バラックは、優秀なルポライターとか。副題に〈一九七五年からのルポ〉とある。

『二十年後の世界』（紀伊國屋書店）昭和四十一（一九六六）年。各国の学者の共同執筆。編者は英「ニュー・サイエンティスト」誌の編集長。IとIIから成るが、IIしか残っていない。

『未来のプロフィル』（早川書房）

昭和四十一年。あのクラークの本。あの福島正実《ふくしままさみ》さんの訳。

『西暦2000年の世界と人類』

昭和四十二（一九六七）年。日本生産性本部訳、発行。アメリカの学者たちの共著。二巻本。

『百年後の世界』

これは珍しく、昭和十一年刊の古本。須之内技師という、地下鉄建設に努力した人。昔から、この流れはあるという例。


これらの未来予測の本も、そろそろ処分しようと、のぞいてみた。別れにあたり、感想文でも書いておこうかとの気になった。

なつかしさがある。私の最初の短編集が、昭和三十六年。社会に余裕が生まれ、未来論がはやりかけ、昭和四十五年の大阪万博につづくのである。かず少ないSF作家ということで、未来関係の原稿の依頼もあり、この種の本を買ったのだ。

とっておけばとの思いもあるし、熱心に傍線を引いたあともあり、ご恩は感じるが、定年退職させるべきかもしれない。

たとえば、未来の自動車。だれもが考えたこと。道路に埋め込まれた電線により、自動操縦となっているはずなのだ。おそくとも、一九七五年までに。

事故も渋滞も減るだろう。しかし、現実はどうか。みなさん、お考え下さい。

荒地出版の『百年後の世界』は、刊行が早いだけ、素朴な心配が中心となっている。

人口問題。エネルギー不足。資源の不足。いわれてみれば、まさにそうだ。そうならないでいるのは、なぜなんだろう。

食料不足のため、イルカを海の牧場で育てて食べる案を出している。すなおな人の多いい時代だった。対策も、いちおう書かれている。

鉱物資源は、大変な手間はかかるが、火成岩から何種も抽出できる。銅の不足は、電気良導体のアルミで代用できる。グラス・ファイバーなど、考えもしなかった。

エネルギーは原子力と太陽熱が実用化されるまで、海藻《かいそう》、木材などまで動員しなければなるまい。

最大の特色は、図表にのっている、日本のあわれなこと。

一人当りの石油消費量が、日本はアメリカの二〇分の一。電気では六分の一。国民所得は一五分の一。新聞紙の消費は二〇分の一。

千人当りの自動車数は、アメリカ三一四、英国六八、ソ連一二、日本は二・二台。いつの統計か出ていないが、これが通用しておかしくない時代もあったのだ。

『人間の未来』は、著者の専門のためか、人口問題に焦点がおかれている。なかでの名言は「われわれは出生率が大きすぎるといっては考え込み、それが小さすぎるといっては、ふさぎこんでしまう」だ。出生率や死亡率から、安定人口の実体と法則性をさぐりたいと主張している。着眼はいいのだが、この点はいま、痛切に感じる人はいないのではないか。

『明日はこうなる』の著者はルポライターのため、調査は熱心なのだが、想像力とか自己の主張が不足している。この本に限らないのだが、日本という国名がぜんぜん出てこないのが面白い。

日本人だって、二十年後に日本が世界の問題国となるなど、だれも考えなかった。なんで、こうなってしまったのだろう。考えないほうがよかったのか。

それでも、この本では、アメリカ農業の生産増大と、農業人口の減少をあげていて、まさにそうなっている。その人員がどこに吸収されるのか、頭は働かなかったらしい。

一方、巨大なショッピング・センターの出現を図解入りで書いている。便利そうだがムードはないし、駐車場が気になる。

車の自動操縦は多くの本に出ているが、予想とちがい燃料電池も車につむほどに普及していない。石油業界の妨害かな。

ホバークラフトの時代にもならなかった。なんだそれ、と言う人も多いのでは。草原なら、適当な乗り物かもしれないがね。

あと、ティーチング・マシン。テレビ画面をも含む装置による教育で、かなり期待されたものだった。なぜだめだったか、その記録は残す価値があるのではないか。いくつか考えられる。やり方によっては可能と思うが、まず意欲を植えつけるのが第一だろう。カゼ、ムシバは簡単になおっているはず。原子炉は熱水を使わず、直接に電気を出せるようになる。宇宙ステーションは、一九六七年には実用化している。

あのころは、よかった。未来は輝かしく、可能性にみちていた。そして、だれもが、すなおにそれを信じた。その時流に乗ったのが『二十年後の世界』か。各界の人に書かせているので、統一はないが。

なかで、イギリスの学者が、面白いことを言っている。マスコミの発達で、政治家が大衆化される。政治の人格化は、新興国、先進国を問わず、進行する。スターリン、チャーチルなどからの発想か。

カストロ、ケネディ、ホー・チ・ミンあたりから、ホメイニ、サッチャー、レーガンへとつづく。この予見はみごとだ。当り前とする人もいようが。

しかし、国の問題となると、やっかいだ。アジアの部で、日本の学者が書いている。南北朝鮮は統一されるだろう、二十年以内に米中和解はない。カンボジア、ビルマなど、経済成長するだろうと。無茶を書けば、少しは的中しただろうに。

さて、そろそろクラークの『未来のプロフィル』を読みなおすか。私の年代の者にとって、どんなに新鮮だったか。未来をいかに思考するかを、教えてくれたのだ。アシモフとともに、私の恩師である。

文章なんて、いかに努力したって、うまくならない。知識をたくさん持ってるのが第一だ。そのなかのを、どう並べ、なにか新しさを加え、いかに読者の知的な快感を刺激するか。このコツを教えていただいただけで、お礼のしようもない。

まず、昔の学者の発言を集めている。時速五〇キロの乗り物では、人間は呼吸ができない。エジソンの言う電球照明など、たわごとだ。空気より重い物が、空を飛べるわけがない。人間の保守性と、勇気の不足を発端にするなど、うまいものだ。

また、昔に、燃料で動く大きな船、海底も移動でき、空も飛べるととなえた人も紹介している。想像力の貴重さである。

出現を予測されたものとして、自動車、飛行機、潜水艦、電話、ロボット、死者との交信、テレパシーなどをあげている。

予期されなかったものとして、X線、原子力、ラジオ、テレビ、相対性原理、電波天文学などをあげている。

クラークは解説していないが、前者は人間の能力の拡大であり、後者はある飛躍があった上での利用である。後者の予想は、むずかしい。可能性など考えず、こんなのが出来たら面白いという発想である。

ウエルズがSFで作品にした、透明人間やタイムマシンがいい例だ。透明人間は、レーダーに反応しない飛行機となり、タイムマシンは炭素14による時代測定となる。こう関連させるのは、思考が柔軟でないとだめだが。

クラークは自動操縦車より、コンベアベルトの普及の実現のほうを考えた。都市のある場所に限れば、有効だろう。またVTOL(垂直離着陸機)も予想した。これは軍事用以外、ぱっとしない。

クラークは、輸送用船舶は発展し、海中を移動するタイプのものになるだろうと、かなり自信をもって語っている。進行での抵抗はへり、波浪に対する安全も高まるだろう。石油など、プラスチック容器に入れて水中を引っぱれば、安あがりだ。

しかし、実現したのは、軍事用の空母、潜水艦がほとんどである。造船技術に問題があったのか、またも石油消費促進派にやられたのか。だめだった説明は、だれにもできる。

エアカー(GEM)はホバークラフトと同じく、下方へ空気を噴射して移動する装置である。利点は多いのだが、現在の交通状況に割り込めず、共存もできず、永久に夢の乗り物か。日本の鉄道も、そのころなにか検討していたら、うまく対応できたかもしれない。

これは私の個人的な説だが、空気クッション、水中移動が輸送のひとつの理想なら、飛行船の復活はどうだろう。ヒンデンブルグ号の事故でふるえあがり、それがスパイの工作としたら、中絶は惜しい。

水素はヘリウムより軽いし、価格も安い。急がないのなら、適当ではないか。人間を運べとはいわぬ。貨物専用で、リモコン飛行なら、いいと思うが。やはり船にはかなわぬのか。未来予測は、むずかしいのだ。

クラークの予言の看板は、一九四五年のイギリスのラジオ雑誌に、大気圏外の静止衛星により、全世界の通信中継が可能と書き、二十年もたたずに実現したことにある。

その効果を書き並べているが、いまの人にとっては、国際電話がかけやすくなったのと、外国からのテレビが眺められてありがたいといった程度である。

エジソンは蓄音機を発明した。いかに画期的なものだったかは、彼の伝記を読めばわかる。しかし現在、カセットで音楽を聞く時、そんなことを思い出す人はいない。

アインシュタインとは、原爆の発明者ぐらいではなかろうか。各人の考え方の問題なのだろう。

このクラークの本は、一九五八年から六二年にかけて、各誌に書いたのをまとめたものである。だから、巻末の未来予想表も、それを割引いた上で見るべきだ。

一九七〇年代

月着陸（アポロの成功は六九年）。宇宙観測所。翻訳機。鯨類言語学。

一九八〇年代

惑星着陸。地球外生物学。重力波の解明。

後半には、トランシーバーの普及。正しくは、小型携帯用電話で、だれもが即時、どこにいても話せる。

一九九〇年代

核融合動力。サイボーグ。

二〇〇〇年代

惑星植民。全地球図書館の知能を持つ人工知能。エネルギーの無線輸送。海底工業。時間感覚の増進。

二一〇〇年まで

天候管理、知能生物、重力管理、時間空間の歪曲（ワープ）。恒星飛行。他星人との遭遇。宇宙工業。不滅の生命。抜き書きだが、実現可能のもあり、お遊びもある。とにかく、クラークの未来への期待がわかる。

『西暦2000年……』は、執筆されたのは一九六六年で、クラークより新しい。しかし、合作のため、これも統一と個性に欠ける。

わかりやすいページとして、つぎの三十三年間（二十一世紀まで）に実現可能の百の技術革新があり、いくつかをあげる。

強度の高い、耐熱性の強い構造材料。ファイン・セラミックのことか。紙、センイ、プラスチックの向上。これもその傾向をたどりつつある。垂直離着陸機。だれもがあげている。

自動車用蓄電池。これもだ。
信用できる天気予報。進歩しているのだろうが、大衆感覚は完全を求める。
熱帯密林の高度利用。必要なのは、むしろ保護か。
遺伝的欠陥の減少。サイボーグの利用。
効果的なダイエット法。
児童、成人、言語への新教育法。
新しい動植物。
天候操作。
脳の直接コミュニケーション。
気分をよくする新薬。夢を見る薬。
臓器移植。

とくに大ちがいという印象は受けない。タブーもなくなり、予想への情報もふえ、流行ともなっていた。

しかし、ダイエット法の改良など、簡単そうなものほど、進歩がない。緊急性がないせいか。

主にアメリカの、これらの予想を見て、意外にずれているのが、ビデオの普及である。

アメリカのSFは、その絶頂期が一九五〇年ということもあるが、テレビの扱いが、どうもうまくない。映画大国のため、思考がその延長上になってしまったためか。一般テレビ放送がはじまっても、番組はあくまでテレビ用。やがて有料有線テレビが出現し、映画を流しはじめた。そのため、ビデオが出現すると、その運営がおかしくなった。映画産業そのものも、昔のようにはいかなくなった。

私としては、ここ二十年余の発明のなかで、予想できず、影響力の大きかったのは、ビデオの普及ではないかと思う。

早い段階で、法的規制をしておけばよかった。貸しビデオ店を認可制にし、記録を義務づける。正当な利用料を取り、製作者に配分する。違反者には罰。こうしておけば、娯楽産業もレベルが下がらなかったのでは。

法や行政の手おくれは、今後も発生するだろう。この二十年も、未来が論じられ、本も出たのに、この面が手うすだった。

同じ理科系のSF作家でも、レーダー開発に関係したクラークと、生化学を学んだアシモフでは、思考に差がある。クラークは明快であり、アシモフは疑問を残したがる。過去の発明でも、クラークは当然の流れとし、アシモフは運命の力も少しは働いたと書きたがる。アシモフは歴史まで勉強したせいもあろう。

これは私見にすぎないが、また未来学の流行があるとしても、ちがった形のものになるだろう。科学者だけでは、不完全なのだ。

いったい、あの未来論ブーム、なにかの役に立ったのだろうか。米ソは対立したまま。南米の経済はひどいものだし、中国ももたついている。

日本は外貨をため込んだが、どうしていいかわからない。青函《せいかん》トンネルは、なんのためだ。巨額な赤字国債。コメの値段。未来を論じながら、なにをやったか。

イスラム圏が無視できなくなるなど、思ってもみなかった。宗教の未来など、盲点だった。なぜか、だれも論じなかった。

また、治安関係も同様である。地下鉄など都市交通として最良だが、ニューヨークもパリも、そうでなくなりつつある。のんびり乗れるのは、日本だけ。

パリの大通り、ヨーロッパの空港、いずれも爆弾と隣り合わせだ。未来の治安は暗黒だと、これも論じられなかった。

麻薬も次々に強力なのが出現し、手がつけられない状態。科学も、これにはまるで無力だ。安楽死や臓器移植なら議論もできるが、麻薬となると、なんの名案も浮かばない。

予想者ゼロだったのが、新しい病気、エイズである。ペスト、コレラの大流行も、すっかり忘れられ、結核もほぼ消えた。大気汚染でさわいだぐらい。病気への対策に、いささか慢心があったようだ。

未来論も、さまざまな修正を迫られている。実感として、生活から離れかけていたといえそうである。

各説もあろうが、宇宙進出は少しおくれても、やむをえない。もっと優先すべきことがあるのでは。

むかし国際地球年とかがあり、南極を研究すれば、地球発生のなぞがとけると聞かされた。つぎは月の石。それも手に入ったが、なぞはなぞ。さらにボイジャーで各惑星の写真もとれた。それで、なにがわかったか。

大衆はこれを、むだづかいと感じる。宇宙には夢があるというが、治安、病気、リューマチのような簡単なもの、麻薬、ストレス、それらが減って、はじめて夢だ。

宇宙などは、レンズつきの望遠鏡で見るぐらいで、しばらくはがまんする。ハレー彗《すい》星《せい》だってはるか遠くを通っただけ。一刻を争うほどのことではない。

米ソの軍拡競争だって、むだではないか。相手国に打ち込む、何百発かの核兵器があれば、たくさんだと思う。新兵器開発での副産物だって、高いものにつくはずだ。

つまり、未来への科学は、もっと地味で、日常的であるべきではないか。ほかの分野もそうだ。経済も、政治も、イデオロギーも、一般の人にもわかるものであってほしい。

そうなってないから、あやしげな占いが流行する。惑星直列さわぎも、なにごともなく終った。富士山の爆発だって、起こらなかった。かわりに三原山がというのは、予言のまちがいをみとめたことになる。

占いで大的中という事件は、なにもない。あるのかもしれぬが、その人にはさわげない事情がある。ほかの的中率が、さんざんだからだ。

というのも、私が列記した未来関係の本も、大衆の核心をつかめなかったからだ。一過性の流行で、議論に発展しなかった。

このところ、夢よもう一度か、未来への企画の原稿依頼の電話がたまにある。それを聞く私の心の複雑さは、以上のごとし。

そういえば、破滅論も流行したようだ。私はあまり関心がなかったが、どなたかその盛衰記を書いて下さらないか。これも貴重な記録だと思う。

輝ける未来論が終り、破滅論も消えた。この今というのは、なんなのだ。

さあ、どうなのでしょう。

ジプシーとは

そもそも、ジプシーとはなんなのだ。ふと好奇心を持ったことがある。最近ではなく、何年も前のことだ。目につくたびに買った本が、五冊ある。

書斎の棚の整理のため、つづけてみんな読んでしまった。こういう読書もあるのだ。本はあの世まで持っていけない。知識も同様かもしれないが、高級霊になれるかもしれぬ。

読んだ順に並べてみる。

『ジプシー・漂泊の魂』
相沢久《あいざわひさし》著、講談社現代新書。昭和五十五年。
（以下『漂泊』と略す）

『青空と草原の民族・変貌するジプシー』
木内信敬《きうちのぶゆき》著、白水社。昭和五十五年。
（以下『青空』と略す）

『ジプシー生活誌』
小野寺誠《おのでらまこと》著、NHKブックス。昭和五十六年。
（以下『生活誌』と略す）

『ジプシー』

ヤン・ヨアーズ著。村上博基《むらかみひろき》訳、ハヤカワ文庫。昭和五十二年。（以下『ヤンの本』と略す）

『ジプシーの魅力』

マルチン・ブロック著。相沢久訳、養神書院。昭和四十一年。（以下『魅力』と略す）

ある時期に流行したようだが、なぜかはわからない。読みやすいし、そう厚くない。著者は一冊ですませようとするなら『漂泊』がいい。ドイツのジプシー村を訪れているし、この分野の日本の先駆者であるらしい。

『魅力』の訳者でもある。

もう少しくわしくとなると『青空』か。この著者は、クセジュ文庫の『ジプシー』の訳もなさっている。

『生活誌』の著者は、北欧ラップ族の社会を調べ、つづいてフィンランドのジプシー社会に長く滞在した。その記録であり、日本では珍しい体験者。北欧にはくわしい。それだけ深みがあるが、地域が限られている。

『ヤンの本』は、訳書が出た時に、かなり評判になった。ヨーロッパの白人の少年が、十二歳でジプシーの仲間になり、第二次大戦でナチの迫害がはじまるまでの、十年間の放浪の話である。まさに内容充実、ページ数も多い。

よく両親が許したものだ。父はベルギー人のガラス芸術を作る人。スペイン生活が長い。母はドイツ人とキューバ人の血をひいている。そのため、少年は四ヵ国語を話せ、国家感覚が薄く、自由を好んだ。

『魅力』も、ジプシー社会を体験した、ドイツ人学者の、記録と紹介。原書の出たのが昭和十一(一九三六)年で、かなり古い。読みやすく、活字の部分がわりと少ない。つまり、百枚もの写真が入っていて、迫真力がある。貴重でもある。

当時のジプシーは、小型のカメラをよく知らなかったのではないか。そうとわかったら、いやがったと思う。撮影し、町を通った時にフィルムを郵送すれば、気づかれない。

文献では、ヨーロッパにジプシーの出現したのは、一四二〇年ごろからで、徐々にふえていった。『魅力』の写真によると、はじめて見た人たちは、まず驚いたとわかる。肌も髪も黒く、言語が通じない。着ているものはボロで、不潔。反感よりも、なんという珍奇な一群との印象だったろう。しかも、定住しようとしない。神秘さやロマンを感じた人も、あったらしい。

あるイメージが形成される。私はソ連の「ジプシーは空に消ゆ」という映画を、ひまつぶしに見た。昭和五十五年ごろか。あまり評判にもならず、筋も忘れてしまった。しかし、映像としての思い出は鮮明だ。

これぞ、まさにジプシー。はてしない草原、馬車、長老、閉鎖的な社会、音楽、たくましい男、美女、恋、情熱的な争い、死。ウクライナ共和国製とかで、セミヌードのサービスもあり、さもあらんと満足した。好意的な描写だった。しかし、現実は、そんな絵のようなものではないらしい。

例をあげれば、米国映画「OK牧場の決闘」だが、それは「荒野の決闘」の再映画化である。しかし、人物の服装はくらべようもなく、スマートだ。現実を調べたら、もっと粗末だったろう。映画は、美化しやすい。『魅力』の写真は、そんなことを考えさせる。

もう、貧しさそのものである。未開地なら普通でも、ヨーロッパ文化のなかとなると、それが目立つ。人生観の差のため、盗みを平気でやる。しだいに、好ましくない存在とされてゆく。

東京の盛り場の地下道で、よごれた姿で寝そべっている人を見る。飲食店の残り物を拾って食べているらしい。乞食でもなく、盗みもやらない。とくに危険なこともないが、親しくなりたくもない。

どこか共通している。少年たちが集団で、棒でひっぱたく事件があった。それに反発してか、バスにガソリンをかけて火をつけた事件も発生。そのあと、また少年集団のいじめが起った。異様な外見の結果である。

ジプシーに関した本を読みながら、この現象と重なることが多かった。本質はちがうのだろうが、似ている点もある。

そもそも、ジプシーの出現は、そう古いものではない。だが、どこからとなると、調べにくかった。彼らは文字を持たず、記録を持たない。語り残されたものもない。楽しいことがなかったのか、過去は無縁という考え方なのか。

ジプシーという英語は、エジプトからではと想像してである。ジプにアクセントがあったらしい。フランス人はボヘミアからと思い、ボヘミアンと称する。ドイツ語系のチゴイネルとは、異教徒の意味だ。どれにも、好ましくない感情がこもっている。

ジプシーは自分たちを、ロームと呼び、人間の意味である。その言葉をロムニー語と呼び、それによると、自分たち以外の人たちは、ガージョである。反感がこもっている。

「祖先はどこから来たか」

「知りません」

何回となく、かわされた会話。当人たちも、知らないらしい。その解明の手がかりとなったのは、彼らのロムニー語。十八世紀に仮説が立てられ、やがて、インド北西部のパンジャブ州あたりらしいというのが、定説となった。

そこを出て放浪をはじめたのは、紀元一〇〇〇年ごろらしいが、その原因はなにひとつわかっていない。なぜ西へむかったのかも不明。内紛か凶作で、一時的なつもりの避難か移住が、永遠のものとなってしまったらしい。

西へむかったはいいが、アラブ地方での生活は、楽なものではなかったろう。統一性のないヒンズー教徒と、一神教に徹したイスラムの社会とは、あいいれない。

戻った人たちもいたようだが、記録はない。一部は旅かイスラム化かの選定で、後者をとって定着した人も、いくらかあったらしい。しかし、多くはさらに西をめざした。

トルコの住民は、モンゴルの遊牧民が大移動してきて、定住したものだ。しかし、ジプシーとの間に、共通部分がない。ジプシーは旅のために馬を大切にするが、遊牧の才能はないのだ。

それに、オスマン・トルコ帝国の時代。イスラム教徒で、キリスト教の東ローマ帝国の首都、コンスタンチノープル（イスタンブール）を一四五三年に陥落させた。鍛冶《かじ》の仕事のできるジプシーは、武器の修理のため両方から奪い合いだったろうとの説もある。しかし、イスラムの神の戒律はきびしく、ジプシーには住みにくい地だったと思う。盗みの常習など、極刑である。

ごく一部が定住しただけだろう。このイスラム世界によって、ジプシーは故郷と完全にへだたった。

ヨーロッパへの出現の時期とも、重なる。ギリシャに小エジプトと呼ばれる地があり、そこを通過したのはたしかだし、いまも定住者がいるらしい。エジプト説の発生原因のひとつとされている。

ギリシャからルーマニア、ブルガリアへむかった連中は、貧しさの点で共通し、イスラムの戒律もなく、定住しやすかったようだ。ヨーロッパの放浪で、すれっからしになる以前の人たちである。

しかし、あくまで西をめざしたのが主流。多くはヨーロッパへ入ったが、アフリカ地中海沿岸を西へむかったのもいた。アフリカはイスラム世界。かくして、スペインに入る。

南北どっちを通っても、スペインから西は海。北へむかい、フランス、中欧、イギリス、北欧へと散る。ロシアへは北欧経由で、かなり遠まわりをしたことになる。

ヨーロッパ人がジプシーから神秘性を感じたのは、その目にだ。黒く、奥ぶかい印象を受ける。たしかに、インド人の目の特色だ。

しかし、それまでインド人を知る者がいなかったのだろうか。マルコ・ポーロがイタリーから中国へ旅立ったのは、一二七一年。シルクロードを通ってだが、帰途は船で、シンガポールまわり、インド洋。インドの港に寄りながらである。香辛料の交易がなされていた。

ジプシーを見て、インド人に近いと思わなかったのか。一四九二年には、コロンブスがインドを目ざし、後年、新大陸を発見している。長い放浪のあげく、目のほかはインド人らしさを失ってしまったのか。

その新大陸へのヨーロッパからの移民は、先住のインディアンの生活をおびやかす。異質なものは共存しにくい。これと対比させたいが、米国史やインディアンを調べてからにしたいので、べつな機会に。

放浪と迫害の民族となると、ユダヤ人がいる。古い習慣を変えず、ひとつの社会を作り、その地方に同化しようとしない。ここまでは似ているが、ユダヤ人は信仰と歴史と誇りを持っている。文化的な仕事で名をあげた人も多い。そして、そこの法律を平然とおかすこともない。

ジプシーには信仰がなく、歴史も伝わっていず、向上心がない。誇り高いとほめる人もいるが、人なみ以上の忍耐心への感嘆ではなかろうか。法を無視する。イスラムでは神の法に触れ、いつけない。ヨーロッパでは社会の法に触れ、問題となる。素質はあるらしいが、いい方向に発揮されない。放浪のため、教育がおろそかになるのだ。

要領よくやればいいのにと思う。彼らは要領のつもりだろうが、巧妙な作り話をする。エジプト王の使者と言っても、通用するのは最初の一回だけ。信用をなくすばかり。

おそらく、鍛冶、馬(蹄鉄《ていてつ》)、音楽などに関連のあるカーストだったのだろう。インドは文明も古く、カーストの集合も、それなりに機能している。しかし、ひとつではうまく進行しない例ではなかろうか。

ジプシーというと、音楽を連想する人も多いだろう。リストは感激し「ハンガリアン・ラプソディー」を作曲し、サラサーテは「チゴイネルワイゼン」を、ラベルは「ツイガーヌ」を作曲している。

フラメンコをジプシーの伝統舞踊と思っている人がいる。もしそうなら、ポーランドにいるジプシーも、それをやるはずだ。

これは買いかぶった側の責任といえる。たしかにジプシーには特異な演奏の才能はあるが、創造力はないようだ。調べると、放浪中におぼえたのを、ジプシー風に演奏していただけのものらしい。ラジオ、レコードのなかった時代には、新しい珍しさで圧倒されてしまったというわけ。

ハンガリーにはジプシーのための音楽養成校があり、フラメンコも含め、いかにもジプシーらしい音楽を教える。観光地やアメリカのクラブからの需要もある。これについては、賛否の意見が分れる。

小説となると、メリメの「カルメン」が有名だ。ビゼーの作曲で歌劇にもなった。ジプシーの美女が、二人の男を手玉にとり、悪事をそそのかし、死で終る。よくできたストーリーだ。

しかし、どの本でも強調されているが、ジプシー女は、決して売春的な行為をしない。男性との交際は、一族のなかで重要なことなのだ。まして、一般人が相手となると。つねに長いスカートで、結婚しても相手に裸を見せない。私の見た映画でのセミヌードも、ありえない話だ。性関係で病気になると、放浪不能になる。コロンブス一行が新大陸から持ち帰った性病の情報は、すぐジプシー仲間に伝わっただろう。エイズも、だれかが感染すれば全滅のもととなるが、感染する率の最も低いグループだろう。

ペストの流行の時も、ひろまる情報を知って、逃げまわった。定住者より死亡率は少なかったようだ。それで、病気をばらまくと思われたりした。

ジプシー美女も、オーバーにひろまっている。若い一時期は美しいし、エキゾチックでもある。しかし、おとろえも早い。

避妊もタブーで、つぎつぎと出産する。十人はざらだが、放浪のため、半分以上は早死にする。育てる労苦も大変で、浮気など、考える余裕もないのだ。

ジプシー研究でやっかいなのは、彼らの答えがどこまで正しいのか、外部の者にわからないことだ。

でたらめは、生きのびる知恵である。どこから移動してきたかも、相手が最も気を許しそうな地名を言う。カソリックの洗礼を受けろと言われれば、そうする。尊敬した口調で、子の名付け親になってもらい、祝いの金をもらう。何回もやるのだ。初期のころ、巡礼者と思われて待遇がよかったので、そう称していたこともある。

名前もたくさん持ち、時に応じて使いわける。それで、伝言してきた人を認識する。登記が必要となると、親子の関係などでたらめで、真実は仲間しか知らない。

意味ありげな、身分証明書や保証状を偽造する。仮病をよそおい、周囲をこわがらせるのなど、簡単なことだ。

また、でまかせで一般人をからかうのは、楽しみであり、迫害へのしかえしでもある。『ヤンの本』によると、学者の質問には、大まじめに、いいかげんを言う。二十人に同じ質問をすれば、二十の返事が出るという。しかも、指摘されて、そのつじつまを合わせるのもうまいのだ。

ジプシーの民話集など、信用するほうが悪い。自分たちを神秘化するための、その場での作り話と思うべきだ。

そのヤン・ヨアーズすら、白人であるために、すべて正しい話を聞かされているわけではない。ジプシーでもない集団が村を荒すので、いい迷惑だとこぼされる。しかし、よく読むと、そいつらもジプシーの一族にちがいないのだ。

どの地方にも、一種の裏の社会がある。そこでの隠語、しきたりなど、すぐにおぼえて利用する。ジプシーは、やりもしない犯行の責任を押しつけられるが、その逆だって大いにあるのだ。

ヤンは時たま、ホームシックになり、自宅へ戻り、また仲間の生活に加わる。他人に知られたくない話は、彼にしないはずだ。仲間はヤンを、さらった子供だと、村人をおどしたりするのに利用する。

それで、ジプシーの人さらいのうわさがひろまる。現実は、そうまでして育てる余裕などないのだ。逆に、捨て子を親切に引き取るという説もあるが、どこまで本当か。

『生活誌』は、フィンランド中部の、ジプシー一族との交流を書いたもの。フィンランド人と結婚した娘たちも多く、ヨーロッパ的な面もあり、理解しやすい。いちおう教育も受け、ジプシーの平均よりいい生活らしい。

著者が帰国する時、本にまとめたいと言うと、長老の婦人は、ショックでしばらく頭を抱えたとある。しかし、やがて、きげんをなおした。芝居だったのかもしれない。話を聞き出そうとされた体験は、代々かぞえきれないほどだろう。

この地へ来た初代の男は、軍に入り、ソ連軍と戦い、わずかに生き残った一人と語り伝えられている。かなり割り引くべきだろうし、作り話かもしれない。仲間うちだと、どの程度かの察しがつくらしいが。

ジプシーというと、占いで有名で、媚薬《びやく》を作る秘法も知っていることになっている。神秘性を利用し、金をかせぐ手段だ。占いが本物なら、自分たちで幸運の道を進めばいいのにと思う。しかし『生活誌』のなかの人物は、ジプシーは信じやすいので、仲間の生活に影響するからタブーだと言っている。

一方『ヤンの本』のなかで、占いにだまされる人間の愚かさについて、何ページかを費している。不安と願望で、自分からひっかかるのだと。それに、占いは的中部分だけが、記憶に残る。

先に通過した一団が、ある家に目印をつけておく。あとからの一団は、その家の生活を当て、占い話に引き込んでしまう。

おごそかに、指示する場所に財産を埋めれば、一年たって倍になっていると告げる。うまく埋めてくれれば、横取りして逃げてしまう。だまされる側も、欲ばりだが。

媚薬も同様。一族内の青年で気の小さいのがプロポーズの時に使うと書いた本もあるし、うそっぱちと書いた本もある。薬草の知識はあることになっているが『ヤンの本』のなかに、一族の長老が病気になり、普通の病院へ連れて行く描写もある。

彼らの内紛は、決闘でけりをつける場合もあるらしい。一方が傷つけば負け。しかし、死んだ場合、その復讐《ふくしゅう》は禁止という本もあり、起りうるので逃げるための放浪をつづけるという本もある。大がかりな宴会で決着をつける話もあるが、ありうる気もする。

金銭欲がないとの説と、かなり金貨を持っている説とがある。ないふりもするが、国境など見せ金が必要な場合もあろう。

清潔さも、二説ある。病気予防のため、手を洗う習慣にこだわる話。しらみにたかられているのは、万引のための演技との話。しかし『魅力』のなかには、しらみ取りの写真ものっている。

除名が最もきびしい罰らしいが、その先はどうなるのか、わからない。

こうなってくると、研究者の手におえる対象ではない。

髪を切られるのをいやがるというが、適当な長さの女性の写真もある。服も一着しか持たないというが、盛装の写真もある。ある地方で入手した服でほかに移れば、それがジプシーの民族衣裳とされてしまう。

ジプシーについての本は、一冊に限っておいたほうが、すっきりする。何冊もとなると、混乱するばかり。催眠術にかけ、しゃべらせたくなる。それでも、だめだろうか。

現実と思ってよさそうな、多くの共通点。

ハリネズミを食用とする。熱した土のなかで焼くと、針がとれて食べやすくなる。冬眠前だと、脂肪が多くておいしいらしい。しかし、ニワトリ、ウサギ、ブタがあれば、そっちのほうが好きらしい。

野生でない生物は、かっぱらって入手する。必要もないのに趣味で狩猟をするのよりよいとの弁明もあるが、被害者に通じるかどうか。

馬の売買がうまいというが、盗んでしまう場合も多い。一時的に弱らせたり、勢いよくしたり、そんな方法で利益を得る。馬の歯を白くする液を作れる。しかし、育てたり、ふやしたりには関心がない。

熊《くま》に芸を教え、踊らせることもやる。金属、鉄製品の加工、修理の仕事もやる。カゴやボウシを作り、女性は花や薬草を売る。音楽の演奏。これらは、まともな一面だ。あまり生産的とはいえないが。

かっぱらいも、農作物ならまだしも、町や村でとなると、犯罪だ。熊の芸で人びとを集め、仲間の女性や子供が、留守の家から盗んでまわる。当人たちは「みつけもの」と称し、罪悪感を持たない。商店では、すきを見て万引をする。

盗みはすれど、傷害はしないというが、それをやったら住民たちに、一団はみな殺しにされるだろう。おそらく、長い年月で殺された人数は、かなりのものだろう。

『ヤンの本』では、一般人を困らせるための、楽しみとしての犯行の例ものっている。趣味の狩猟と同じではないか。被害者は、かなわんよ。

ジプシーの王位認定がニュースとなることもある。しかし、なんの実権もなく、みつぎものもない。金を使わせられるだけのこと。そのニュースで人を集め、金品をだましとることもあるだろう。

第二次大戦中、ナチは多くのジプシーを殺した。五十万との説もある。ユダヤ人については、財力、才能、たがいの連絡など、国民統一のさまたげという名目での処刑。ジプシーは無力な放浪者として、はじめは黙認だったが、戦時中にかっぱらい集団が横行してはと、処刑された。そこまでは占えなかったわけだ。

その真相は、明らかでない。ジプシーは過去を記録しないからだ。話が大げさにふくれあがってもいるだろう。それに、法的にみて悪事の場合も多かったはずだ。

ジプシーの処刑は、歴史的にどの国でもやっていたし、ヒューマニズムから援助しようとした例はなかった。悪事と迫害のくりかえしだ。

国内から追い出そうと、新大陸発見のあと、その地へと移住させたことも多かった。馬泥棒をして処刑されたのも、いただろう。

それにしてもふしぎなのは、発生地がわかった時「彼らをインドへ戻してやれ」との主張を、だれひとり言っていないのだ。ジプシー自身も。

ジプシーというと馬車だが、百科事典で見ると面白い。車の乗り物を馬に引かせる歴史は古いが、バビロニアでもギリシャでも、戦車としてである。移動の目的のは、はるかあとになって、王侯用としてだ。

一二四三年、ドイツ皇帝の作らせたのが、はじめてと記録にある。一六〇〇年代になり、貴族用の数がふえ、一七〇〇年代に大衆の利用者が増加し、それにともなって都市改造もなされた。

となると、ジプシーが馬車で移動したのは、かなりあとになってからだ。それまではテントと荷物を馬につみ、徒歩で放浪してたのだろう。それに関する記録もない。

やがて、自動車の時代となる。キャンピング・カーの入手も、かなりおくれてだろう。馬の売買と、金属加工の才能をいかし、中古車の再生を業とする者も出る。

まともにやればいいのだが、一時的に外見だけをよくし、高く売りつける。たちまち故障。信用を失って、ほかの町へ。

毎年、五月末には、南仏のアルルの近くの聖女の祭りに、多くのジプシーが集る。信仰というより、情報交換のためだろう。

ジプシーの長所としてよく出されるのが、訪れた者は、犯罪者であっても迎え入れる点だ。しかし、いい金もうけの話を持った人かもしれず、警察のスパイかもしれず、ようすを見ようというわけだろう。

そのため、戦争中、ナチの支配下で、逃亡した捕虜を助け、連合軍の不時着機の乗員を助け、フランスの抵抗組織に協力という話になる。しかし、政治的意識があった上でとは、思えない。処刑される名目になったりもする。

戦後も、ジプシーの地位は向上しない。夏に、地中海沿岸のリゾート地に来られては迷惑だ。多くの国は、定住させようと集合住宅を作ってやり、職を与えようとするが、彼らはそれをいやがる。内心では、どこの政府も手を焼いているのだ。

ユダヤ人はイスラエルを建国したし、その信仰や生活も、かなり理解できる。しかし、ジプシーとなると、いまだに不明な部分が多く、対策が立てにくい。

アリステア・マクリーンの小説に、東側からジプシーにまじって亡命する話があるそうだ。高橋豊訳『巡礼のキャラバン』(早川書房)。

ヨーロッパを旅行し、ジプシーによる麻薬のルートの物語を書こうとも思った。裏側の社会、移動、秘密の連絡法。もっともらしく、仕上げられそうだ。しかし、にせものを売って、それで終りになりかねない。目先の利益が第一なのだから。

ヨーロッパには一九五〇年代から、労働力として、アフリカ、トルコから、多くの出かせぎが来た。有色人種も、目立たなくなったはずだ。しかし、ジプシーは昔のまま。

スペインのマドリッドで、私は靴みがき少年に、金をおどし取られたことがある。いま思えば、ジプシーだろう。パリでの日本人観光客への、子供の集団ひったくりは、いまや有名である。

知人で最近、東欧へパック旅行をし、ルーマニアでパスポートをひったくられたのがいる。たぶん……。

先日の朝日新聞で、ヨーロッパのジプシー問題を、大きく、客観的に特集していた。南スペインのある村で、ジプシーになぐられた人が出て、それをきっかけに、いつも盗みの被害を受けている村民が、ジプシーのための居住地に放火した。協力して追い出し、戻らないようにと監視隊が作られた。

ローマ市、オランダでも、同様な事件が発生している。当局は保護しようにも、適当な場所はなくなる一方。

かつてソ連では、外国むけの雑誌で、ジプシーに牧畜の仕事をさせているとの記事がのったそうだが、信じられない。

そもそも、ジプシー自身、どうなりたいのか、なんの主張もしていない。国連のお声がかりで、連絡組織への動きもある。しかし、それがうまく運営されない。

ある地区で会議を開いても、出席するのは都市へ定住した者ばかり。多くは、定住者をばかにし、よけいな束縛をきらうのだ。ナチによる迫害の補償要求も話題になるが、金額も算出できず、計算したらジプシーのほうが支払う結果になるだろう。

中国、日本にジプシー問題は存在しない。もちろんイスラム圏にも。

東南アジアにも、そもそもの祖国インドにも問題はない。なぜ東が好きでないのか、手がかりすらない。

日本の研究者は人数も少ないのだろうが、人種問題としてとらえようとしている。どうなのだろう。人種的にはインド系だし、インド人ぎらいは、宗教上だけに限られる。まさに、現代のミステリーだ。

社会問題とし、心理的な面から手をつけたほうがいいのではないか。むしろ、マフィアに類似し、それほど強力でもないため、扱いにくいといったところか。

長い年月かかわりあってきたのに、ヨーロッパでの研究も、たいしたことはない。予想外だった。心情を理解してあげようにも、それすらこばまれているのだ。

東洋とアフリカ以外で、総計約四百万人との説がある。調査のしようもないが、都市化と情報化によって、放浪用の土地は残り少ない。補助への税金は使いにくくなり、失業者も多い。ヨーロッパの悩みのたねだ。

アメリカでは最近、ホームレスと称する住居のない人がふえている。二百万人とか。女性の場合、大きな袋を持ち歩くので、バッグレディーと呼ぶ。失業者、麻薬中毒、アル中などが原因。

南米諸国でも、都市でこの種の問題がふえているようだ。食料は充分なので、興味でかっぱらいをやるらしい。

日本はいいと書きたいが、こうなってくると、理解されていない点では、日本人も同様なのではないか。かなり気になってきた。

もともとヨーロッパ系の人は、東洋に関して、神秘と軽視を抱いている。日本はとなると、ゼン、「楢山節考《ならやまぶしこう》」、クロサワ、そして容赦のない物品の輸出。

ニューヨークの某大学の日本研究所から、妙な寄付依頼の手紙が来た。その大学を出た私の父が、存命で、現役で、第一次大戦後の好況がつづいていると思ってるらしい。研究所でこれだから、一般の人を想像すると、いかにかけはなれていることか。文学が専門としても、歴史や社会を知らないと、文学もわからないことになる。

山のような日本人論があるが、きわめつけとなると、思い当らない。日本人にとっても、説明は苦手だ。徳川時代の二百五十年の鎖国で、その能力を失ってしまったのか。

どうしたらいい。どうなるんでしょう。

『文章読本』を読んで

世に『文章読本』というものがあることは、知っていた。しかし、読むことなしに、いまになってしまった。

文筆で生活しているのだから、参考のためにと思ったこともあったが、他人から「へたくそな文章」と評されたこともない。で、つい、そのまま。

それが、なぜ読む気になったか。いまさら影響を受けることもあるまい。早く読んでおけばと、くやしがるか。それも手おくれ。開き直った気分である。

それに、もうひとつ。「小説現代」という月刊誌で、毎号ショートショートの募集をやり、私がひとりで選考をしている。才能のひらめきは感じるのだが、なかなか新人が育ってくれない。

なにかアドバイスできないものか。応募の人が各人、それぞれ文章研究をやってくればいいのだが、なにもかも安易な精神の時代である。かわりに読んでみて、エッセンスでも伝えられればだ。

『文章読本』となると、いろいろあるものですなあ。作者名を並べてみる。

谷崎潤一郎《たにざきじゅんいちろう》。川端康成《かわばたやすなり》。三島由紀夫《みしまゆきお》。丸谷才一《まるやさいいち》。中村真一郎《なかむらしんいちろう》。井上《いのうえ》ひさし。（それぞれ新潮か中公の文庫にあり）類書として、植垣節也《うえがきせつや》著『文章表現の技術』（講談社現代新書）。このような本は、多く出ている。

ある人が送ってくれた『高校生のための文章読本』（筑摩書房）。

まとめて読んだら、頭がおかしくなった。お子さまがたは、まねをなさらないように。しかし、二ヵ月もたつと、忘れる部分は忘れ、自分なりに整理がついてくる。私も、長い年月、文を書いてきたのだから。

読本とは、もとは国語の教科書のことである。入門書の意味もある。谷崎『文章読本』は昭和九年に書かれ、最も古い。先駆者でもあるわけで、いかに偉大なことかは、そのあと高名な作家たちが、同様の題名の本を出しているのでおわかりだろう。

魅力的な仕事なのだ。ほかの作家の文を、自由に引用できる。それはすぐれた部分で、話をふくらませるヒントにもなる。と同時に、自己の意見も語れる。

一流の作者でないと、できない。引用の部分が輝いて、書き手の文が見劣りすると、みっともない。

いちおう読んだ証明に、少しずつ触れる。

谷崎本では、まず、算術の問題を考えるのにも、必ず頭のなかで言語を使うと、単純にして深遠なことが書かれている。あっと驚き、読者に「よし、先を読むか」との気にさせる。ここそのものが文章のコツと思うのだが、そういう手法にはあまり触れない。

三島本では、外国の作家に会った時、印刷された時の視覚的効果を考えて書くかと聞き、ないと答えられた、ひとつの体験をふまえている。欧米では、耳からの効果のほうに重点があるらしいとつづく。

井上本では、このことについて反論している。固有名詞は大文字ではじまるし、字体も変えられる、と。そして、日本文をローマ字にすると、上下に出たp、g、f、kなどが少なく、中肉中背の字が並ぶ、とある。そういえば、そうだ。

丸谷本では、口語体の過去の助動詞は「た」だけしかない。文語文では「つ」、「ぬ」、「たり」、「けり」など多様だったのに、と。

このあたりになって、私はやっと気づくのだ。普通の人は読本の名につられ、勉強のつもりで読み、感心しているのだろうが。

これらの作者、人なみはずれた博識家なのだ。大変な読書家であり、だからこそ他作家の文を自在に引用できる。つまり、そうでなくて、うまい文章は書けない。こう言ってしまっては、身もふたもないが。

以前に丸谷さんのエッセイ集を熟読したことがあり、まことに面白かった。それが大変な教養と、言語感覚の上に成立しているのを思い知らされた。ミステリーの名作にくわしく、古文、音楽にもくわしい。

井上本だって、同様。山下清《やましたきよし》の妙な文。ハナモゲラ語。野口英世《のぐちひでよ》の母の手紙。さらには、新聞記事。ここまで読んでいるとは。

丸谷本、井上本の二冊を読むと、底しれぬ力が迫ってくるのを感じ、こわくなる。同じ分野で仕事をしなくて、よかったと思う。余裕を持って読めば、楽しいだろう。

三島本は、ですます調なので、この特有の明快さが充分に発揮されていない。彼が作品にユーモアを入れない点を知りたかったが、それには触れていない。

中村本も、ですます調。これは明治以後の口語文の発達史がテーマで、それに関心を持ちながらなら、面白い。文庫化の際、かなり新しい作家の文を加えた。

さて川端本だが、代作との説もあって、すっきりしない。文章への意見をゆっくり聞き出し、それをまとめたのなら、ひとつの意味はある。私は『掌の小説』のなかの数編は、感嘆以上のものを感じている。それを読むのをすすめたい。

ほとんどの人が太宰治《だざいおさむ》を論じていない。たとえば「二十一世紀旗手」など、感覚だけで書いた、すぐれた短編がある。この文体は、まねしやすそうで、不可能だ。分析しようにも、私にもできない。別格あつかいになってしまう。だれかがやらねばならないだろうが。

まあ、どれも目は通したのだ。すべてに「ごもっとも」というわけではない。私にだって、持説はある。そのことは、あとで書く。

文章を書くむずかしさは、どの本からも伝わってくる。一冊を読んで、文章がうまくなるなんてものじゃない。「読本」の名の功罪である。入試の役にも立たない。

先日、丸谷氏が、ある塾の問題に文章を無断で使われたと不快感を示していたが、事情を知ると当然である。引用して、これに反論を書けでは、それ以前の礼節の問題だ。そこで学習する人は、気の毒なものだ。

絵というものは、いくらかの才能がないと、うまくならない。しかし、文章なら字を並べればいいのだし、ワープロもある時代だしと、甘く考えている傾向があるのではないか。とんでもない話だ。

たまたま雑誌「ダカーポ」で、各誌の新人賞の特集をやっていた。合計したら、驚くべき数の作品が集っているらしい。予選の下読みで、九割はどうしようもない出来とのこと。アメリカのあるSF作家の「すべて九割はクズです」との言葉は、現実のようだ。

歌うという行為は簡単だ。しかし、プロとなり、それをつづけるとなると、どれだけの挫折者《ざせつしゃ》の上にかは、おわかりだろう。

あるいは、いくらかの才能は必要かもしれない。運動神経がだめという人もある。しかし、目的意識を持って努力すれば、可能性ゼロではないと思う。

言いたかないが、と言いながら書いちゃうのだが、私は少年の時、作家にあこがれたことはなかった。作文の成績は、小学、中学と低くなり、高校の時には28点。どうしようもないね。

大学は、理科系を受けたので、入学できた。それから、あれこれあって作家になった。三十年、なんとかなった。文庫本は、絶版にならないでいる。やりようによっては、道はあるのではないか。

その自分の体験をもとに、思い当ることを三つほどあげてみる。

私は父の晩年の子。父は製薬会社をやっていた。くわしくは略すが、明治時代にアメリカで学んだので、ユニークなことが好きだった。文章を書くのも好きで、なんとなく目にしていた。引用する唯一《ゆいいつ》の文が、亡父のとはね。

「進歩原理」というパンフレットで、大正十四年の文。初めの部分を少し。

　生活
一　自然は進歩の本体なり。
二　進歩は向上的生活を営《いとな》まんとする人間の本体なり。
三　生活は活動を意味す。
四　活動は継続的ならざるべけんや。
五　活動をして継続的ならしめんがためには、保護を必要とする。
六　活動と保護は二にして一、一にして二なり。
こんなぐあい。リンカーン大統領、詩人エマーソン、財産家ロックフェラーなどの、言葉や行動の例がまざってくる。本来は、販売店主たちを集めての講演のテキスト。これをくばっておけば、話はよく伝わるし、メモをとる人もなくなる。

じつに簡明な文体だ。内容もある。ユニークな文体だ。しかし、それを小学校や中学の作文でやるわけにはいかない。それだけの知識もないし。

こんなパンフレットが家のなかにあった。少年時代のこの体験は、私にある影響を及ぼしているようだ。話ができすぎているので、あまり重要視されても困るが。

ほかに娯楽がなかったので、文を読むのは好きだったのだ。作文がいいかげんだったのは、入試にも出ず、仕事上で必要になることもあるまいと思って。国語の成績となると、漢字を正しく書けたので、悪くはなかった。

つまり、読むのが好きというのが、第一の条件ではなかろうか。少年時代に読書ぎらいだった人は、作家になろうとしても無理。ほかにも、分野はあるのだ。

さて、その二。

旧制高校は理科にかよい、大学は農芸化学に進んだ。高校の時の先生が、大学では講師として講義をした。基礎化学についてだ。聞きなれていた点、運がよかった。

小島《こじま》という先生で、地味な性格。とくに有名な学者ではなかった。しかし、講義はみごとで、レベルの低い者を引き上げることに、情熱を持ち、生きがいでもあったようだ。

最初は私を含め、だれも無知といっていい。それが一年間の講義の終りには、状態方程式だかが、整理されて頭におさまっていた。もう少しで、$E=mc^2$を理解できそうな気分だった。知的な興奮で、感激した。

いまでは忘れてしまったが、方程式ぎらいの人ならば、見ただけで身ぶるいするような式だ。つまり、難解のようであっても、手順をつくし、ていねいに教えれば、理解できるし、理解させられると、体験で知ったのだ。

哲学、医学、都市計画となると、どうかはわからないが。やれる人は少ないかな。手順をふめば、意志はかなりの割で伝えられる。

というわけで、私はどのショートショートも、はじめて読まれるものとして書いている。星新一という作家に関して、だれも最初は無知なのだ。この順でと望んでも、そうはいかない。

森鷗外《もりおうがい》の「渋江抽斎」を含めた史伝三部作は、評価が高いが、それまでの作品を読んだ上での話である。新聞連載中、東大医学部長の青山胤通《あおやまたねみち》が、同級だった気やすさで「つまらん話だ」と言い、鷗外は苦笑したそうだ。私は青山説が正しいと思う。現実に、全集を買わないと読めない。

その三。少年時代に話は戻る。

読書好きのくりかえしだが「少年倶楽部」を愛読した。新聞連載も、獅子《しし》文六《ぶんろく》、吉川《よしかわ》英治《えいじ》、戦後となると数えきれぬほど。

どれもサービス精神の密度が高かった。無条件で面白かった。森鷗外が新聞小説で史伝を書いたのが、私には理解できない。普遍性のある面白さが、発揮されるべきではないか。水準の問題はあるとして。

やがて亡父から引きついだ会社を手ばなした。台湾の大薬草園あっての営業だったし、東京の工場も戦災でやられた。

そこで、運よく作家になった。乱歩《らんぽ》さんの目にとまったのが、きっかけだ。人生には、そういうこともある。問題は、そのあと。運で次作は書けない。私の前途は、それしかなかった。

案外、ここが大事なのだろう。執念だ。ニュートンは「どうやって法則の発見を」と聞かれ「考えつづけてさ」と答えた。私もそう答える。多くの人は、その一歩手前で、あきらめているようだ。

経済の繁栄は、気力を弱めさせる。名声なんてものは、執念のあとをついてくるものだ。それなくしては……。

『文章読本』を考えるべきなのに、横にそれたかな。しかし、読んで面白がるものを頭のなかで作り、受け入れてもらえるように手順をふみ、文にして読者に伝える。文章の、必要にして充分な条件ではないか。

「ダカーポ」の特集で、各誌の編集長が発言している。並べてみよう。

「小説は他人が読むのが基本。体験を書いただけのは困る」

「作家のコア（核）を感じさせる作品を」

「新しいものが、ひらめいてる作」

「最初の十数行が重要。言葉のすごさを示してほしい」

「未完成でも、可能性を秘めた作」

気持ちは、わかる。つまり、書き手の頭に、特色のあるなにかがなくてはならない。文章は、そのあとだ。『文章読本』の各作者、だれもそれを持っているので、触れないでいる。はたで見ていて、いくらか気になる。

イスラム教の教典「コーラン」は、それを読み、聞くだけで、神聖な気分になるらしい。他の言語に訳したものは、ありがたみがないそうだ。文の力というわけだが、それだけの内容があればこそだろう。

ここで例にあげるのはどうかだが、歌謡曲の「ここに幸あり」や「北国の春」の歌詞を、文章の視点で論じられるか。

「雪に変りは、ないじゃなし」が文としておかしいとの説がある。私は「ないじゃない」と手直しすればと思うが、どうでもいいのだ。めったにない存在なのが第一。

太宰や新井《あらい》素子《もとこ》は、個人メッセージ的な文体である。三島や筒井《つつい》康隆《やすたか》は演劇的な構成。ブラッドベリは、ノスタルジアが特色。しかし、だからどうだとなると、そこで終り。

やってみると、『文章読本』というもの、まとめにくいしろものだ。部分的にはうなずけるが、総合的となると結論は出ない。外国人が読んだら、言語の障壁は存在すると言いたくもなるだろう。

さきにあげた『文章表現の技術』。

著者は、大学の国文科の教授。教育学にもくわしいらしい。最初に「ピアノにはバイエルがあるが、文章にはない」との卓見が書かれている。

内容は、観察力をつける、想像力を伸ばす、用語を適切にする、などの項目に分かれている。これまであげた『文章読本』の面白さはないが、実用的である。

私も想像力を伸ばしたいと、そこを読んだが、異性の心理を考えてみよう、などとある。そりゃあ、役には立つだろうが。考えてもわからないのが、面白いのではないか。「驚いた」や「びっくりした」と書くだけでは、失格とある。そうかな。私はとっくに失格だ。そりゃあ、各種の書き方はあるよ。むしろ、どんなことでかが、大切なのでは。「夕ぐれに、幽霊が横になって、泳ぐように近づいてきた」だけで、ひねった表現など、不用だろう。

しかし、この著者は正直で、最後に実例として、自分の短文をのせている。「選んで決めることについて」という題。いいかどうかは、読者のきめること。

このような本は、原稿を書くからには、一冊は読んでいいだろう。それを、どう自分流に崩すかがつづくわけだが。

作家志望のターヒューンは、さまざまな体験をしたが、みとめられなかった。ペットのコリーを主人公に書いてみたら、本が売れに売れた。その名「ラッシー」は世界的だ。

苦労がこのような形で成果を上げたのか。わからぬ部分だが、ありうる気もする。意欲を持ちつづけたのは、たしかなのだ。

さて、このあたりから、いよいよ私も独断的見解で、文章論をやらかすか。反論が出てくれると楽しいのだが。

その前に、一冊の本。

筑摩書房『高校生のための文章読本』。

じつは私の担当編集者が、参考までにと送ってくれたのだ。一部の書評で話題になったそうだ。カバーにも表紙にも人名のないのは、副読本用のためか。定価も安いし、おすすめ品だ。

じつに奇妙な本である。意義もあるし、ユニークである。それまで迷っていた私の気分が整理され、なるほどと感心した。日本文への結論が出せた。関係者のねらいとは、大きくずれているのだろうが。

作家を主とする、各界の人の短い文章が掲載されている。多くは見開き二ページ。つげ義春《よしはる》の日記もあれば、吉行《よしゆき》さんの掌編もあれば、筒井さんの「バブリング創世記」もある。ローレンツや朝永振一郎《ともながしんいちろう》の文もあり、バラエティに富んでいる。計七十例。

少し大きめの判で、最初にTVの洋画劇場のように、読み方の解説がある。下の部分には作者の写真、略歴、生まれた年がのっている。むずかしい語への注もある。終りのほうには、味わい方の手引き。いたれりつくせりだ。親切きわまる。

副読本としては、まことに読みやすく、現代にふさわしいアンソロジーだろう。読めばだれでも、なにかしら得られる。

この私の文で、すなおにほめているのじゃないなと、お感じだろう。

まさに、そうなのである。これを読んで、読書好きになるかもしれない。しかし、文章がうまくなるかというと、その可能性はゼロなのである。むしろ、へたになる。断言してもいいのではないかな。

いじの悪い仮定だが、著者名を消し、著者紹介を消し、最初の解説を消したらどうなる。だれも読もうとしないだろうし、読んでもわけのわからない気分になるだけ。

面白いなと感じるのは、吉行さん、筒井さんの作品ぐらいか。お話として、うまく出来ている。

つまり、ほかのほとんどの文章は一人称で、自分の立場の説明など少しもなく、それらを超越したユニークな視点もない。

日本における文章の本質がわかる。

結論。文は人なりとの言葉があるが、正しくは、文は人名なりである。

なんらかの形で有名でなければ、一人称の文は、だれも読んでくれない。開高健《かいこうけん》、島尾敏雄《しまおとしお》、ソルジェニーツィンの書いた文だから、読むのである。

このきびしさは、三人称の小説でも同様。あるエピソード。激しい競争を勝ち抜いて、新人賞をもらった人。つぎの作品を持ち込み、編集者に読んでもらう。そして、聞く。

「のせていただけますか」

「ちょっと、考えさせて下さい」

そこをなんとかと、あくまで粘る。たまたま、そばにその雑誌がある。目次をひらいて、質問する。

「この作品より、つまりませんか」

「いいえ。むしろ、いいでしょう」

「では、こっちの作とくらべたら」

「あなたのほうが、いいでしょう」

「だったら、考えるまでもないでしょう」

「つまり、あなたの知名度が問題なのです」

実話であり、もっと遠まわしの没は、数えきれぬほどある。理屈だと、年に十数人の優秀な新人作家が出ていいはずだ。だから、さらに芥川賞か直木賞をとらなくてはならない。または、よそに書いて有名になれば、先生先生と依頼がなされるのだ。

いい現状とは思わないが、これが実情であるのも、たしかである。この筑摩本のふしぎなのは、各所に文章づくりの手引きのような指示のページがある。第一の部分には、こうある。

自分にしか書けないことを、だれが読んでもわかるように。

いったい、高校生に、そんな特異体験があるのだろうか。甲子園で投手として連続優勝。これなら面白いが、そういう人は文など書かないだろう。書いても一回で終り。

この受験体制のなかで、読書のみで、普通人ばなれしたユニークな説をうみ出せるか。

入試に落ちてしまう。高校生には文を書けないとの、実例集というわけだ。だれにもわかるように、ともある。しかし、一人称でとなると、当人の性別、年齢。家族がらみの題材なら、その説明もいる。解説、写真つきの作者紹介をやってくれるわけがない。

句読点に注意ともある。これにのっている吉行さんの「蠅」だが、会話をとじるカッコの上に、丸点を加えてある。著者からいただいた原本には、それはない。この件のことわりは、どこにもない。

ものごとの本質を見抜く才能のある高校生なら、文は人名なりと気づくだろう。書店で売れているのは、タレントの本、元野球選手の本、口《くち》コミで伝わるミステリーの本。

この筑摩の本、悪い時に私の目に触れたようだ。本来なら、投稿雑誌の「抒情文芸」をとりあげてと思っていた。入選の短編、多くが一人称。なかなか年齢、職業がわからない。読む側にとっては、それが気になり、文章を味わうどころではない。

となると、国語教育の本質にかかわってくる。漢字と正しい意味を、まず教える。一人称は、自己紹介の文をいくつかのせるだけでいい。要を得て、ユーモアがあり、相手を不快にさせない文。

それが書ければ、立派なものだ。ちゃんとした手紙も書けるようになる。それで充分ではないか。文学は、教えようもないし、知らなくても不便はない。趣味のようなものだろう。

なにか、ほかにのせたければ、三人称の話に限るのがいい。民話でも、小話でも、有名人の逸話でも、珍事件でもいい。O・ヘンリーの短編でもいい。大正期の「赤い鳥」にのった、有名作家の童話でもいい。

私は「竹取物語」の現代語訳をやった。日本最古の物語である。驚いたのは、発想とストーリーの力で成立していて、描写は徹底して省いてある。作者不詳。それが千年以上も、生命力を持っているのだ。

ストレートな面白さ。それがあってこそ、文章だろう。末梢《まつしよう》的なことを、一人称で過多な描写で書かれては、たまったものじゃない。一人称的な思考だと、国際化もやりにくいのではないか。

日本の小学では、まだ遠足の思い出を書かされているのか。アメリカではジョークで笑わせるのうまい子が、人気者になる。

ショートショートに応募してくる作品に、一人称のが多いのは、国語教育のせいか。選者としては、一人称に点がからい。ショートショートこそ、初めの十行、いや五行で、読者をひきつける必要があるのだ。

〈おれは部屋のなかで横になっていた〉

こんな調子で十行も書かれては、たまらない。どんな人物が、どんな異変に巻きこまれたのか、手ぎわよく知らせてもらわなければ。ごく早く。作者の分身と思ってくれと言っても、読者は作者を知らないのだ。終りになって、こんな一行。

〈おれは息が絶えた〉

それなら、この文はだれが書いたかだ。

ストーリーを展開し、面白さのサービスをするには、三人称のほうがふさわしいし、また容易でもある。一人称では、巧みな形容で驚きを表現しても、相手がどう思っているかは、書けない。観察者と主人公を同一人でやろうというのは、むずかしいのだ。やって、やれないことではない。しかし、それには三人称をこなせる技法を身につけた上でないと、むりだろう。シャーロック・ホームズは形式上は一人称だが、実質は三人称の進行である。

一人称の作品は、読んでいてもどかしくなる。それを文学的と勘ちがいしている人もあるようだ。それが文学なら、読者はノンフィクションやミステリーに金を払う。人物の立場が、はっきりしているからだ。

特異体験のノンフィクションもあるが、それは、あとをつづけるのが困難だ。最近はアメリカのコラムニストの訳本が評判だが、面白いとの信用を築いた人たちは、実質的には三人称的な語りである。

私は運がいいのか、翻訳のミステリー、SF誌の全盛時に作家になった。外国の名作短編をむさぼるように読んだ。そして、おぼえた。

大量のストーリーを頭に入れるとなると、パターン（あら筋）としてでないと、やりにくい。三人称で書かれていると、それが可能なのだ。選考の時、類似作をはねのけるのができるのは、それをやっているからだろう。

文は人名なり。「ダカーポ」のなかで、ある編集者が話しているが、他の分野の人を作家にする傾向が出てくる。脚本家の向田邦子《むこうだくにこ》、倉本聰《くらもとそう》、劇作家のつかこうへい、コピーライターの林真理子《はやしまりこ》。画家あり、作詞家あり、無名の新人は、それらとも競争しなければならない。才能は保証された人たちだ。

こういうスターたち相手なら、文句なしに面白い短編を、コンスタントに書きつづける以外にない。もちろん、容易ではない。生活どころではないだろう。趣味として、あせらずやるのがいいと思う。

とりあえず、一作だ。ていねいに仕上げる。量産なんて、考えるな。数は結果である。私だっていつも、目の前の一作しか考えていなかった。ほかの人にだって、可能だと思うのだが。

『文章読本』を論じようとして、なにか、いつのまにか自作を語るような展開になってしまった。こうなったら、なにかの参考になればと言うしかない。

とっつきやすく、読みやすく、無条件で楽しい短編の時代の再来をと願っている。それへのアドバイスをしたかったのだ。

凧のフランクリン

岩波文庫で『フランクリン自伝』を読んだ。松本慎一《まつもとしんいち》、西川正身《にしかわまさみ》の共訳。いかにも、お勉強だね。自分でも、そう思う。アメリカ文学の第一号とされているが、文学的なムードはゼロ。

版を重ねているのだから、コツコツとは売れているのだろう。アメリカ研究者への義務教育だ。しかし、楽しく読んだ人は、いないのではないか。むずかしい内容でもないのに、一週間もかかった。つまらないからだろう。こんなことは珍しい。

それなら、なぜ読んだのか。少し前に『アシモフの雑学コレクション』なるものを、私の編訳で、新潮文庫から出した。断片的知識のアメリカ版といったところだ。

ベンジャミン・フランクリン。凧《たこ》をあげ、雷雲中の電気を取り出してみせた。あ、その人かであり、それ以外のことは知らないのが大部分だろう。私もそうだったのだ。

これを彼は、実用化し、避雷針を作った。落雷による被害が、確実に防止できるようになった。この凧の実験は危険なもので、同じ実験をやろうとし、二人が感電死した。フランクリンは運がよかったのか、やり方が慎重だったのか。

避雷針が実用化されて二年後、ポルトガルのリスボンで地震が起った。ある牧師たちは、天の神に反逆した罰だと主張した。

遠近両用の二重焦点の眼鏡、安楽椅子《いす》。いずれもフランクリンの発明と、アシモフの本にある。また、アメリカの国鳥を、七面鳥にしたかったんだそうだ。ワシは物をくすねるので、不道徳と考えて。

ヨーロッパで人気のあったアメリカ人は、フランクリン。避雷針つきの婦人帽がはやった時期もある。彼はまた、アメリカの独立宣言の文章を手伝わせてもらえなかった。ジョークを、それとなく加えるかもしれないと思われて。

こうなると、少しくわしく知りたくなる。断片のつながりは、どうなのだ。アメリカを理解する原点かもしれない。そこで『自伝』を読んだのだ。原典尊重がいいとは限らないと知っているし、現実にそうなのだが、私は性格が古風のようですな。

フランクリンがアメリカのペンシルバニア地方の、フィラデルフィアで凧の実験をしたのが、一七五二年。日本では将軍吉宗《よしむね》の死んだころで、ドイツでは作曲家のバッハが死んでいる。

一四九二年、コロンブスが新大陸を発見。梅毒を持ち帰って、ひろめた。ぶっそうな地方と思いそうだが、黄金を手に入れたし、なにか人に期待させる魅力があったのだろう。主に南米が目標にされた。

北米へ移住者が出はじめたのは、発見から百年ほどあと。宗教や食料問題によってだ。ウイリアム・ペンというイギリスのクエーカー教徒は、布教に熱心で、投獄されたこともあった。しかし、彼の父は国王に大金を貸していたので、それを帳消しにするかわり、新大陸に領地をもらい、信者たちに開拓させて利益をあげる許可をもらった。その地がペンシルバニアで、ペンの森という意味。現在この州はニューヨーク州のすぐ南。州都のフィラデルフィアは、海岸よりでニューヨークの南に当る。

地理の説明、時代背景だけでもやっかいなのに、宗教がらみとなると、お手あげだ。ここでは深く触れないことにする。この『自伝』の読みにくさは、そのへんにある。社会背景がわからないと、文学性がわからない。両方を勉強したとしても、さらに電気の初歩的な知識もいる。

めんどくさいで、ほっとかれる。知らなくったって、ヘミングウェイやブラッドベリを読むじゃまにはならない。私も変なのにとりついてしまった。

この『自伝』は、断続的に二十年ちかくにわたって書きつがれた。最初は「息子よ」との文ではじまり、父の生き方を参考にせよというつもりだったようだ。

それが途中で、友人たちから「あなたのような偉大な人は、みなのためを思って書くべきだ」と言われ、方針を変更。その段階までの文では、偉大になっていないのだから、妙なものだ。

とらわれない思考の持ち主だったようだ。少年の時の理想どおり、一生をすごしたら、かえっておかしいか。また、読者のことを考えず、つき合った人名をすべて書くので、やっかいだ。忘れていいのか、あとで重要な関係を持つのか、ことわってくれればいいのに。そこが面白いのかもしれないが。

ベンジャミンは一七〇六年に生れた。父はプロテスタントの信者で、移住者。二度の結婚をし、生れた子は合計十七人。

ひとりぐらいは牧師にと、ベンジャミンは八歳でラテン語学校に入れられた。読書の習慣も身につけたし、成績もよかった。やがて、牧師や学問では金にならないだろうと、算数と商業の学校へ移るが、十歳で父の仕事であるロウソクや石鹸《せっけん》を作るのを手伝わされるようになった。

十二歳で兄の運営している、印刷所の仕事を手伝い、やり方をおぼえた。詩を印刷して売ったこともあったが、それは有利な人生じゃないと父に言われ、断念した。ここまでは、ニューイングランドのボストンでのこと。

十七歳の時、フィラデルフィアに移り、そこの印刷所で働くようになる。それまでの苦労はいろいろあったが、ほかの多くの人の経験と大差あるまい。

ここペンシルバニアの知事（領主のペンに任命された者）のキースにみこまれ、印刷所設立のため、ロンドンへと出かける。途中でキースはいいかげんな人物とわかるが、彼のおかげでロンドンへ来られ、一年半をすごすことができたのだ。

印刷技術のみならず、広い知識を身につけた。女性とも適当につき合ったのだろう。書かずにすむのが、自伝のつごうのよさだ。快楽を求めるのは悪ではないとの論文を書き、あとで、若気《わかげ》のあやまちと反省している。

フランクリンはフィラデルフィアに戻り、友人と共同で印刷業をはじめた。頭を働かせて、匿名《とくめい》で「紙幣の性質と必要」というパンフレットを印刷して、配布した。それは州の議会で採用され、紙幣の印刷の仕事の依頼があり、利益をあげた。

フランクリンの性格の特色は、商売上手で仕事熱心だが、金銭万能主義でない点にある。

向上心のある者の集る会を作った。そのクラブでは週に一回、政治、倫理、科学などのテーマをきめ、論文を書き、それをもとに討論をおこなった。

また、書物を持ち寄って、貸し借りして本を読めるようにもした。これは一年で解散になったが、会員制の組合図書館を作る計画を立て、やがて実現。北米での最初の図書館である。

彼は深い信仰の持ち主ではなかったが、宗教についての献金は、とくに惜しまなかった。旅をしながら説教をする宗教家のために、礼拝所を作ることもした。宗派をとわず、そこで人びとに話せるのだ。社交の場所の役も果たした。

もちろん、仕事もよくやった。仕入れた用紙を手押車にのせ、大通りを自分で運んで帰ることもした。よく働く若者と思われ、信用を高めたと『自伝』に書いている。

このような部分について、後世の人が、あれこれ言う。しかし、当時の小さな社会だ。ヨーロッパのように、家系だの、階級だのは通用しない。とりあえず、遊び人と思われないのが、必要だったろう。
また、図書館設立のような場合、自分が発起人になっては効果がないとも書いている。
功績を残そうとしていると思われては、うまくいかないこともあると。遠まわしな発言が通用する時代ではないのだ。

そもそも、処生訓のようなものを作り、他人にもすすめるのが好きだったようだ。そのあげく、十三の徳目を並べた。

節制　食や酒はほどほどに。
沈黙　おしゃべりはつつしめ。
規律　時間と物品に正しく。
決断　決意して実行せよ。
節約　むだな金を使うな。
勤勉　くだらない行為はするな。
誠実　人をだますな。
正義　人に損害を及ぼすな。
中庸　極端なことをやめ、怒るな。
清潔　身体、衣服、住居を清潔に。
平静　日常生活に注意。
純潔　性におぼれるな。

謙譲　イエス、ソクラテスのように。

人生の指針であり、成功への条件でもある。本気でそれを実行しようと努力したのだから、批判はひかえたくなる。反省の記録もつけた。自営のため、規律だけはうまく守れず、完全すぎるのも問題だと、正直な文を残している。

健全そのもので、だれの迷惑になるわけでもない。アメリカという新世界。民族、宗教、それまでいた国の習慣、さまざまだ。そこで最低の共通のルールを作ろうとした。社会も求めていたわけだろう。

フランクリンの印刷所では、小さな地方紙を発行していた。自分で記事を書くことも多く、そのためには、なにか一貫した方針のようなものが必要だったのだろう。それは、多くの人の共感するものでなくてはならない。

彼はそれを推し進めた。暦を印刷し、それに教訓を印刷したのだ。いくつかを引用。

「眠るキツネは、鶏を手にできぬ」

「怠け者は、貧乏に追いつかれる」

「骨折りなければ、利得なし」

「店を守れ、そうすれば店が汝《なんじ》を守る」

勤勉、努力、早起き、むだ使いはやめよ。名言であり、商売のコツでもある。これはかなり売れ、ヨーロッパからも注文があった。

のちに「富に至る道」という文章を書いたが、これらの教訓のまとめである。これでもうけるなんてとの評もあるが、多くの人を成功させ、それによって自分もさらに、との考えだから、いいではないか。

「金を借りた者は、貸した人の召使いになる」

「貧困は不正を思いつかせる」

くどいなどと言うな。前者は旧約聖書にあり、後者はローマ時代の哲学者セネカの言葉である。牧師の説教も聞いたろうし、読書も好きだった。それらが記憶に残り、フランクリン流の表現となったというべきだろう。すぐれた独創でもないが、独断でもない。公約数のようなものなのだ。


二十四歳の時に結婚、相手は、昔から知っていたデボラ・リードという女性。フランクリンがイギリスに行った時、態度をはっきりさせなかったので、彼女はほかの男と結婚した。しかし、その男はずぼらで、彼女を残して家を出て、戻らず、連絡もない。

フランクリンは責任を感じ、夫となった。しかし、正式に離婚の手続きがとれず、正式な結婚ではない。そのため、翌年に生れた息子ウィリアムスは、戸籍上は私生児である。デボラとの間の子とみていいだろう。

のちに次男をもうけるが、幼くして天然痘《てんねんとう》で死亡。娘セアラは長く生きた。

フランクリンはそのころ、フランス語、イタリー語、スペイン語などを学びはじめる。二十八歳でラテン語をやったのが、いくらか役に立ったようだ。とにかく、知識を吸収するのが好きだった。娯楽的なものの少い時代だったせいもあろうが。

自分の新聞に「町を火災から守る」説を書き、消防組合の成立に努力し、実現させた。

フィラデルフィアの郵便局長を兼ね、ペンシルバニアの州議会の書記にもなった。官職につくと、商売上いい。議会の記録の印刷を引き受けたし、郵便局長になると、新聞を送るのに便利だ。公私混同ではあるが、社会のためにもなっているのだ。

道路を舗装《ほそう》し、その掃除の人や、巡回する夜警をやとった。みなが応分の金を出せば、町が住みやすくなることを、現実にやってみせた。

ある巡回牧師が、孤児院を作るので寄付を求めてきた。フランクリンは、この地に作るのでないと手伝わないと返事したが、説教にやって来られると、つい寄付をしてしまう。

また、自分のところでよく働いた職人には、ほかの地方で印刷業をやらせ、契約の六年がすぎると、すべてをゆずって独立させた。ただし、六年間の契約書は、きちんと作っておくのが必要とも書いている。営業と寄付とは、区別している。

さらに、町を守る義勇軍を作る運動もした。新聞で書き、印刷物をくばり、議会に働きかけ、実現させた。英領アメリカはスペインと争い、仏領の動きもわからない。インディアンも、友好的とは限らない。布告文の印刷には、習った各国語が役に立った。

しかし、もともと、このペンシルバニア地方には、クエーカー教徒が多く、戦争に協力的でない。軍事の費用を議会にみとめさせる時「国王のための資金」といった表現を使ったりした。grain を買うと称したこともある。穀類のことだが、火薬の粒の意味もある。

フランクリンの話したこと。

「ファイア・エンジンの購入をやるか。消火ポンプのことだが、大砲（火器）のことでもある」

訳しにくいが、ユーモアのセンスもかなりあった。クエーカー教徒も、危機を目の前にしては、現実的にならざるをえない。

フランクリンと科学の関係は無視できない。前にあげたほかに、いろいろな発明をしている。新型のストーブの考案も有名だ。それは熱効率がよく、かなり売れた。

特許をとるようすすめられたが、公共的なことだからと、やらなかった。そこで、ロンドンでその特許をとったのがいて、いくらかもうけたそうだ。

また、ランプの改良もやり、ススのつきにくいようにした。球状のなかに灯をつけるのを、四方をガラス板で囲うようにもした。これだと、割れた場合、その一枚をとりかえればいい。街灯に利用。

大西洋を航海するのに、同じような船でも、日数がかなりちがう。荷物の積み方、帆の広げ方など、最良の方法を調べ、印刷してくばった。それは効果をあげた。

さらには、北大西洋の暖流、メキシコ湾流の研究にも手をつけ、台風の進路の調査もした。発明ではないが、灯台の重要さを知り、その普及にもつくした。

凧による電気の実験は『自伝』や研究書では一七五二年だが、トレーガー著、鈴木《すずき》主税《ちから》訳の『世界史大年表』(平凡社)では、前年になっている。アメリカ中心の年表なので、その前後に関連した記事が多い。

「アメリカは将来、人口がふえ、みなが自作農になるだろう」

フランクリンの発言である。彼はまた、友人と火災保険組合を作っている。フィラデルフィアの鋳物工が鐘を作り、ペンシルバニア議会の建物にとりつけた。のちに「自由の鐘」として有名になるが、鐘に聖書のなかの自由についての文が記されている。活気と発展の時代だったのだ。

電気に関しては、仮説も立てた。電気には二種あり、磁石に似ている。同種は反発し、異種は引き合う。一方ではなにかが余分で、一方ではなにかが不足の状態にあるのではなかろうかと。

その、なにかが電子と証明されたのは、百数十年後にイギリスの物理学者、トムソンによってである。それでノーベル賞を受けている。仮説は正しかったのだ。

フランクリンは余分のほうをプラスとし、もう一方をマイナスとした。根拠はないのだが、確率は二分の一と思ってである。それは逆で、電子の多いのがマイナスだった。

それまでに、電気回路の図が書かれ、エジソンの発明もそうなっているが、それで混乱が起ることはない。

バッテリー（電池）、チャージ（充電）、コンダクター（伝導体）、ショックなど、電気関係の用語を確立し、普及させたのも彼である。

それにしても、すごいものだ。勉強好き、好奇心、理解力もさることながら、本質的に合理主義者だったからだろう。

これによって、英国学士院から賞を受けた。さらにその会員にもなり、ヨーロッパ各国の学士院の会員に推された。

国内でも、いろいろやった。ペンシルバニア大学を作り、大病院の建設につくす。州議会の議員にもなり、郵政長官代理にもなる。

また、各地の植民地の連合体を作ろうとの主張をかかげ、会議を開いた。独立運動のスタートである。四十八歳の時だ。この時、ジョージ・ワシントンは二十二歳の若さ。

フランクリン自伝でのひとつのテーマは、商売のやり方よりも、州議会と知事との間を、どううまく運営させるかである。議会は住民の代表であり、知事は在英の領主の任命である。税金や支出など、領主の利益との対立は起りやすい。

しかし、反対しつづけというわけではない。フランスの植民地との戦いでは、一致してことに当った。英本国からの軍に、車馬、食料を提供するよう呼びかけ、彼は代金の保証人になり、公債発行を手伝ったりした。住民たちは、それで利益を得る。

アメリカの統治は、そもそもこの州議会が基礎になっていると知らされる。アメリカの民主主義のもとだ。その結果を他国にやらせようとしても、容易でない。

重要なのは、交渉術であり、実務であり、人柄である。フランクリンの勤倹的な演出と行動には批判的な人も、政治家に必要な条件となると、みとめざるをえないだろう。

知事との問題は、ふえる一方。ペンシルバニアでの課税権をめぐって、地区の代表として英本国へ渡り、領主のペン一族との交渉に入る。まず、五年がかり。いったん帰国し、ジョージアほか三つの植民地の代表をもかね、渡英。さらに十一年をすごすことになる。

新大陸植民地の実情を知らせる文章を発表し、正当な発展は住民ばかりでなく、英帝国の利益にもなると主張した。協調でことを運ぼうとした。これらに対し、オックスフォード大学などから、学位を授けられた。

すでに科学者として知られており、多くの人に親しまれ、尊敬された。彼のような人物と、植民地への理解のある人との妥協が成立すれば、最良だった。

しかし、本国で「印紙条令」が問題となった。植民地での取引きすべてに、収入印紙を使わせようというのだ。フランクリンは、希望を失わせると反対し、独立やむなしと考えるようになってゆく。

一七七五年、六十九歳の時、独立のための戦いが開始される。植民地軍の総司令官がジョージ・ワシントン。関心のあるかたは、ご自分でお調べ下さい。

フランクリンは帰り、各地のまとめ役として活躍した。開戦時、彼の息子はフィラデルフィアのすぐ南の、ニュージャージー州の知事に任命されていた。民兵軍の捕虜となったが、特別あつかいで英国へ行かされた。親子でも、主張は異っていたようだ。

そして、独立宣言。この文章を作ったのは、ジェファソン。しかし、英国がみとめたわけでなく、戦いはつづく。

フランクリンはフランスに渡り、英帝国と対立するこの国を味方にしようと努力した。巨額な援助を引き出し、米仏同盟に調印し、駐仏公使となる。八年半の滞在となる。

この時期、宮廷政治家、知識人、大衆に好まれ、社交界の女性にもてた。肖像画、彼の顔を描いたメダル、時計、アクセサリーがよく売れた。

フランス語が役に立ったし、人柄がよかったのだろう。妻のデボラが少し前に死亡していて、同情もされたろう。新大陸の「最初の知名な友人」として、大変な人気だった。反乱や革命のイメージのないのも、よかったのだろう。

新大陸のPRもやり、移住者へのアドバイスの文も書いた。アメリカは、ヨーロッパ人の新天地と思われるようになる。やがて英軍は撤退し、対英講和会議がパリで調印され、アメリカは独立を英国にみとめさせた。七十七歳の時。

七十九歳で帰国。ペンシルバニアの知事に選出され、憲法制定の会議に参加。州の大小による差の調整などにつとめる。さらに、どれい廃止の主張もした。

一七九〇年、八十四歳で死去。

つまり、フランクリンという人は、アメリカの初期に、新聞で民衆を指導し、生活の指針を示し、社会の向上につとめ、科学への関心を持たせ、独立へとみちびいた。商売で利益をあげる一方、大学や病院を作るのを助けた。アメリカのもとを作ったといっていい。

彼の『自伝』より、研究社選書の渡辺利雄《わたなべとしお》著『フランクリンとアメリカ文学』のほうが、ずっと読みやすく、わかりやすい。『自伝』のあとの人生までを、五十ページにまとめてある。一時間ほどで、頭に入る。また、それ以外のことも、のっている。

たとえば『トム・ソーヤの冒険』の著者、マーク・トウェインのフランクリン批判が紹介されている。

「あいつのおかげで、世の多くの少年たちは、親からフランクリン式の努力を強制され、ひどい目に遭《あ》ってる。いじが悪くて、後世の若者を苦しめようとしたのだ」

逆説なのか、ふざけているのか、どっちにしろ理屈ではある。トウェインは西部で放浪生活をしたが、文才をみとめられ、東部で安定した文筆生活を送れるようになった。

しかし、その活躍期は、フランクリンのそれの百年後。開拓の初期を社会が軌道に乗ってからの視点から論じるのは、どんなものか。英国の支配下のままで、トウェインは作家になれただろうか。

トウェインは新聞を出し、講演を好んだ。さらに自動植字機の改良を手がけた。むしろ、フランクリンに似ている。そして、この改良は失敗し、大赤字を出し、穴うめに苦心している。

あと『チャタレー夫人の恋人』の著者のロレンスが、その著『古典アメリカ文学研究』のなかで、フランクリン批判をやっているらしい。なんと、トウェインよりさらに百年後の、第一次大戦の時である。大国に成長したアメリカに対する、不遇なイギリス人の不平ととられても仕方ない。精神的におかしかった時期の執筆らしい。

渡辺氏の指摘にもあるが、フランクリンの時代には、詩やロマンスを作る背景がなかった。古い教会も城も、修道院も貴族の邸宅もない。伝統すらない。移民は各国から来るし、新大陸生れの世代もいる。新聞を出しても、文学性のあるものをのせるのは、むりというものだ。

しかし、突然変異は出るもので、トウェインの時代に、E・A・ポーが活躍した。養父母とともに英国に五年滞在し、学校へも行っている。大変な才能だ。アメリカで読者がついた点も、ふしぎな気がする。

四十年の人生だが、彼のようなものの出現も、新大陸だからこそか。

アメリカの建国初期には、フランクリン的な健全さの普及が、正しかった。理想の追求、生活の向上、フェアな商売、公共への寄付。そこで照れれば文学なのだろうが、現在のアメリカ社会のもとでもあるのだ。

ロレンスのような批判は、無名の文学青年にもできる。しかし、避雷針のようなものの発明、議会と知事との仲介など、できないだろう。

単なる作家ではない。マルクスは偉大な経済学者と敬意をはらい、ヒュームは新大陸の最初の哲学者で偉大な文筆家とたたえている。自然科学者であり、社会改良家であり、外交家である。

それに、ユーモアを持っていたらしい。インディアンが「神は、われわれのために酒を作られた」と酒をねだってくる。与えると、酔って大あばれする。あれで滅亡への道をたどるのは、神のみ心かと『自伝』に書いている。かなりブラックなユーモアだ。

よく売れ、人気のあった暦の格言にも、ひねったのが多い。

「来てほしくない人には、金を貸せ」
「秘密は、味方にももらすな」
「結婚前は両目で、あとは片目で」
「社会への奉仕より、祈りが容易だ」

皮肉だが、印象に残る。ユーモア感覚がないと、出てこないものだ。生活の知恵。文学性を求めるのは、筋ちがいかもしれない。これはHOW TOの内容なのだ。

強引なたとえだが、古代中国で、孔子《こうし》という人物が、神をふりかざさず、個人や社会のルールを示した。文学ではないし、彼のため楽しめなかった子供もいたわけだろう。

なお、さらに研究したい人には、つぎの二冊の本をお知らせする。

研究社　アメリカ古典文庫1

『フランクリン』

自伝以外の、短い文章を集めている。各分野にわたっているが、短い寓話《ぐうわ》のような作品は意外だった。晩年は痛風に苦しんだらしいが、それを笑いに転化させた文ものっている。

中央公論社　世界の名著40

『フランクリン、ジェファソン他』

自伝の新訳、ジェファソンの「独立宣言」などがのっている。その時代への解説がくわしい。

結論として、その時期の要求にこたえた、偉大な人物となろう。しかし、日本では、あまり知られていない。明治の末に、簡単な評伝が出たらしいが。昭和十年ごろに、自伝の訳が二種、評伝の訳が二種、出版された。戦争にむかう寸前で、心ある人の努力によってだろう。戦後にいち早く民主主義をとなえた人のなかには、その読者もいたと思う。新憲法の源泉でもある。

と、私はひとわたり調べた。そして、以前に似たような気分になったことを思い出した。イギリス人、スマイルズによって書かれた、〝Self-Help〟で、日本訳は『西国立志編』だ。

スマイルズの活躍期は、フランクリンより百年ほどあと。イギリスでは産業革命が進行し、社会に変化が起った。

それに対応して生活する参考にと、努力、勤勉、誠実は成功への道と、多くの例を並べたもの。フランクリンについても、五十にして自然科学を学び、業績をあげたと出ている。

どう調べたのか、その数は圧倒的だ。どれも「天は自ら助くる者を助く」の裏付けになっている。神や信仰は出てこない。

日本から幕末に英国へ留学した中村正直《なかむらまさなお》が、帰りにこの本をみやげにもらい、訳して出版した。文明開化の時期にぴったりで、読書人口からみて、空前絶後のベストセラーになった。一種の魔力を秘めている。これを座右に、事業に成功した人も多い。

そのため、フランクリンはかすんでしまった。彼こそ、その分野の先駆者なのに。歴史とは、そういうものだろう。私たち日本人が実利を好み、その発生だの、核心だの、体系だの、社会の改良だのを考えないのも、そのあたりに原因があるのかもしれない。

ファシスト人物伝

かつては、ファシストというと、問答無用で対立相手をやっつける言葉だった。しかし、なぜそれが悪なのか、その説明を聞いたことのない人が、ほとんどだろう。論文を読んでも、わけがわからない。

ヨーロッパの大戦で、ナチにひどい目に会わされた人には、説明不要のことなのだろう。もどかしくてならない。実体はこうさと、日本人に理解させる方法はないものか。そこで、他国と交戦しなかった政治家を並べてみたら、どうなのか。ファシストくさい人物をだ。なにか、共通点が浮かんでくるのではないか。

新しい、柔軟な思考。なに、フランクリンを調べているうちに、フランコに連想が移り、この試みをはじめてしまったというわけだ。したがって、主な参考書をあげると。

ほるぷ出版『世界伝記大事典』世界編だけで、十三巻セット。ほかに東洋編もある。あと、朝日新聞社編『現代人物事典』（絶版）や平凡社『大百科事典』も利用させていただいた。

さて、フランコ将軍。映画「誰《た》がために鐘は鳴る」で、バーグマンとクーパーが戦った相手だが、事情をご存知か。スペイン内戦を趣味で調べている人が多く、本も何種かある。くわしくは、そちらで。

ここでは、フランコの紹介が第一。私は昭和十七年発行の、珍本を持っている。ヤングメン出版社『フランコ将軍』

翻訳である。南米諸国むけの宣伝用で、それを勝手に訳し、スペインがすぐにも日独伊の側に立つと、序文がついている。

三流作家の作らしく、モロッコを南欧風に美しく描写しているが、戦闘や行軍となると、きびしい自然に一変する。笑ってしまうし、省略部分も多いようだ。

フランコは、モロッコの反乱制圧のため、外人部隊の指揮官となった。ここは考えさせられる。各国人の、さまざまな過去を持つ者の集団だ。これを率い、勝つには、ある種の才能が必要だ。実戦をくりかえすことで、類のない感覚が身につく。

この本にのっている写真は、若く、微笑をたたえ、温厚そのものである。魅力的だ。内心までは、わからないがね。ヒトラー、スターリンなど北の独裁者は暗いが、ラテン系だと明るさがある。

フランコは一八九二年に生れ、陸軍士官学校に入り、十八歳で卒業、少尉。二年後に当時はスペインの支配下だったモロッコで外人部隊長として戦い、五年間で少佐。二年の国内勤務のあと、モロッコへ再任、外人部隊の総司令官。平定終了で三十四歳。少将。翌年には参謀総長。士官学校長にもなった。

「マリア女王陛下、万歳」

を叫ばせる。一方、行事の日には、軍に批判的な外部の大学生を招き、各テーブルの主賓の席につけた。みな感激、友交的になる。やることが、ちがうね。

フランスからは、勲章を受けた。北アフリカについては、利害が一致している。対独国境に防衛線を作ったマジノ陸相は言った。

「ここは、ヨーロッパ第一の士官学校」

スペインは、いい時代ではなかった。南米への支配力は薄れ、キューバは植民地だったが、そこの小さな反乱にアメリカが割り込んだ。一八九二年にはじまる米西戦争。フランコの幼少の時だ。

フロンティアが消滅し、アメリカは外部へと進出した。売れてもうかればいいと、ハーストやピューリッツアーなど、新聞経営者が無茶をやってのけた。

出まかせをまじえ、スペインを悪玉に仕上げ、連日のように書きたて、戦争へかり立てた。そのあげく、キューバを支配下におき、プエルトリコを保護領とし、フィリッピンまで強奪した。アメリカには、フランコ批判の資格はない。

スペイン王室は権威を失い、マリアの子、アルフォンソ十三世はローマに亡命、共和制となる。フランコも、手をこまねいたまま。しかし、彼は危険人物あつかいで、アフリカの西のカナリー諸島の総督という閑職に移される。

国内は乱れ、左翼的な政府と、ムッソリーニ、ヒトラーによる国家の隆盛に共感する国民戦線派とが対立した。このままでは、よくない。フランコはモロッコへ渡り、そこの軍隊を指揮し、本国へ進攻、共和政府のマドリッドをめざした。

これがスペインの内戦。語るときりがないので、ここでは略す。一九三九年、独伊の協力もあって、国内を制圧。フランコは国家元首に就任、四十七歳。

第二次大戦ははじまっていて、翌四〇年、フランスが降伏。ヒトラーはスペイン国境近くの小さな町で、フランコと会見し、参戦を要求し、ことわられた。

「内戦の時の軍事援助には、感謝します。しかし、国内の整備が優先します。恩義に対しては、義勇軍の派遣でお尽しします」

事実、ある期間、ロシア戦線のために師団を送った。この会見の一ヵ月前に、日本はドイツの勝利におくれまいと、日独伊三国の軍事同盟を結んでいる。

フランコは、したたかなやつだ。隣国ポルトガルの元首、サラザールの忠告で、それ以上のことはせず、中立をつらぬいた。外人部隊の運営で、各国に情報網を作り上げたのか。戦争末期には、独伊と断絶状態だった。

内政では、献身的な努力をした。ムッソリーニの長所は、遠慮なくまねした。ファッショとは、たばねるの意味。協同組合の発想で、各分野に調整された利益をもたらそうというもの。

フランコは、カソリック、民族主義、統一、自立経済の四原則をかかげた。スペインの実情に合っていたのだろう。

余談だが、のちのインドネシアの建国の父スカルノは、ナサコムと称し、民族、宗教(イスラム)、共産主義をひとまとめにし、注目を集めた。それで失脚したわけだが。

大戦が終ると、スペインへの各国の目は冷たく、国際的に孤立した。フランコはファシスト的な人物の排除に手をつけ、目立った動きを押えた。

やがて、米ソ冷戦の時代となり、アメリカと軍事条約を結んだ。空軍の基地をみとめるかわり、経済援助を引き出した。アイゼンハウアー大統領の時代である。

南米諸国の支持で国連に加入し、観光収入が増加した。国民の生活も向上。報道は自由だが、政府批判は禁止。治安は良好。

産業は発展し、社会も安定した。カソリック信者のある組織が、政界、官僚の実権を握り、経済界へも力を及ぼしている。

やがて、フランコは健康を害し、後継者の決定を迫られた。亡命した王の孫、若いカルロスを指名した。軍の要望もあったらしい。

一九七五年十一月、ついに死去。八十三歳。三十六年の政権は終った。カルロス一世が即位し、王国となる。内戦時や大戦中に王室を戻していたら、思い切った手は打てず、より混乱していただろう。

悪評を一身で受けとめ、結果として国家と王室とを、最良の形に仕上げた。スペイン史上はじめて、広い中産階級を育成した。政治も、自由選挙による議会君主制民主主義が機能している。観光によく、オリンピックも開催される。

支配と弾圧だけの独裁者では、こうはいかない。たゆまぬ、目に見えぬ努力の集積だろう。ただものではない。

つぎは、さらにファシスト的でありながら、いまも人気の高い、南米アルゼンチンのペロン。その最初の夫人のエバとともに、神話の人となっている。

ホアン・ペロンは一八九五年に、ブエノスアイレス近郊の小農場主の子として生れ、軍の学校に入り、二十四歳で少尉。一九四一年には大佐。四十六歳。

それまで、軍の学校で軍事史を教えていた。著書には『日露戦争』などもある。ヨーロッパを視察旅行。三九年に第二次大戦がはじまっており、ナチの勢いを痛切に実感した。

国内で、ナチへ好意的な仲間を集めＧＯＵ（統一将校団）を作り、ひそかに準備し、ペロンの指揮でクーデターを起し、成功。ＧＯＵは統治、秩序、団結の頭文字でもある。ラミレス将軍を大統領にかつぐ。四三年の六月のことだ。

ヨーロッパでは、独伊の敗色が濃くなりつつあった。

ペロンはＧＯＵの書記長で実権を握り、国防次官を兼ねていた。クーデターは成功したが、劇的な展開はなく、とくに好評でもない。そこで彼は、労働組合の支持を得ようと、労働福祉庁を作り、その長官をも兼ねた。

都市や農村を回り、労働者へ訴え、彼らに不利な法律を廃止し、賃金を引き上げ、年金制をはじめ、各種の制度を充実させた。ラジオでも呼びかけ、名実ともに労働者の味方だった。ペロンを支持する、自発的なデモもふえた。

反対派の、公務員組合の書記長などは、刑務所にほうりこまれる。それは悪評にならない。労働者のための人物はだれか、明白だった。

若いころのペロンについて、くわしくはわからない。軍歴といっても、戦争はないのだ。語学ができ、フェンシングに優れていた。説得の才もあったらしい。しかし、話は夫人のほうに重点が移ってしまう。

新潮社『エバ・ペロン　美しき野心』

ジョン・バーンズ著　牛島信明《うしじまのぶあき》訳

はなやかで美しい、愛称エビータの短い人生が内容である。私などの年代の者には、読みはじめたらやめられないほど面白い。作者ものめりこみ、ペロン当人がかすんでしまうほど。

エバの母は、辺境開拓地の貧しい馬車屋の娘。農園主の家で料理人として働き、主人を誘惑してパトロンにし、住居を持てた。金持ちにとっては、下で働く者は所有物と同じ。男尊女卑のため、夫人も公認。

母は四人の女の子を生み、エバは四番目。農園主の死んだあとは、地方政治家をパトロンにし、生活もいくらか楽になった。

エバが金持ちを憎み、婦人の解放をめざしたのも、こういった環境による。中学を出た十五歳の時、エバは夢を求めて、大都会のブエノスアイレスへ出た。しかし、コネもなく、センスも悪く、これといった才能もないので、生活は容易でない。苦しい日々だった。

ある俳優の口ききで、喜劇の端役に出ることができた。いくつものナイトクラブでも働いた。そのうち、金まわりのいい、石鹸《せっけん》会社の社長の目にとまり、連続ラジオドラマの主役となる。

「スター性はあるが、器用じゃない。おとなしく、礼儀ただしく、まじめな娘」

当時を知る人の話である。雑誌の表紙にものり、好ましい性格との記事ものる。努力のためか、運がよかったのか、政府の要人にとり入り、ついにペロン大佐と親しくなる。ラジオ局からの収入も、大変な額となった。

ペロンのクーデター成功が四三年、四五年には独伊、つづいて日本が戦いをやめ、第二次大戦が終了。

アメリカは、ペロンぎらいを明らかにした。そのころの、ペロンの言葉。

「ナチは政策の点で、わたしに劣っていたのだ」

戦略の批判だろう。

「ムッソリーニは偉大だった。わたしはその失敗に学べるので、有利な立場にいる」

ムッソリーニ処刑の写真は没収したし、情報で不利なのは押さえた。

しかし、アメリカの意を受け、軍の一部が政権を変えようと動き、ペロンは一時的に地位を去った。公選により、新大統領が選挙されることになる。

その時、労働者たちの支持の声があがった。

「ペロンを大統領に。おれたちに必要な人だ」

それは、全国にひろがった。これまで、労働者になにかしてくれた大統領がいるか。ペロンは、やってくれたのだ。

そして、翌四六年の二月、五四パーセントの得票で、大統領に当選。エバは二十六歳。二人は、前年の末に戸籍上の結婚をしていた。

通信社は彼女を「すらりとした魅力的な、ブロンドの女性」と報じた。しかし、十代のころの写真では、ブルネットの黒である。この点、マリリン・モンローの先輩になる。

ペロンは晩婚というわけだが、もてすぎたからだろう。エバも目をはなせなくなり、いつもそばにいて、協力者になる。

エバは上流階級に反抗し、高価な服や宝石で身を飾り立て、民衆のために叫ぶ。

「不幸で貧しい生れでも、このような生活のできる社会を」

動く見本であり、単純にして、わかりやすい。アメリカの圧力は、内政干渉に扱われる。この選挙の勝利が、アルゼンチンに夢と熱狂の数年間をもたらした。

エバは労働者のため、社会基金を作り、慈善事業をやり、学校、病院、住宅を作り、婦人参政権を実現した。

聖女エビータの愛称が定着する。服や宝石で飾り立てても、文句は出ない。スイス銀行にも多額な預金をする。

資産階級からも、とくに反対はない。中産階級の批判者さえ排除していればとの、ペロンの判断だったのだろう。

巨額な金が、外国から流れ込んでいた。大戦のため、ヨーロッパは食料に困っている。ペロンはそれにつけ込んだのだ。

イギリスが肉を輸入したいと言うと、三倍の値をつけた。国連の援護局から麦、トウモロコシ、食用油を求められると、申し出た値を倍につりあげた。冷戦のはじまりも、うまく利用した。

鉄道は英国資本の所有だったが、戦争中の食肉の代金を帳消しにすることで、国有とした。ガス、電気、電話なども、外国資本から買い取った。

国家も利益を上げ、労働者ももうけ、資産家ももうけ、ペロン夫婦も私腹をこやした。いい時代だった。

言論統制で、批判はできない。こんな小話がはやったという。

ふとった犬が、アンデス山脈のチリの国境へとやってきた。飢えたチリの犬が、ふしぎがって聞く。

「そっちへ行きたいのに、なぜ、こっちへ」

「ただ、好きなように、ほえたいのでね」

反対派には、容赦しない。処刑もすれば、集会への発砲もする。これはフランコの場合も同じだった。ブラジルで聞いた話を思い出す。

「スペイン系のやつらは、闘牛が好きなように、血を見るのが好きなんです」

ポルトガル系は、平穏というわけか。しかし、交戦した国にくらべれば、死者の数は知れている。インディオ狩り以来、アルゼンチンでは、死は日常的なものだったのか。

エバは、ヨーロッパへの旅に出た。スペインではフランコから勲章を受け、大歓迎を受け、右手をあげるファシストの答礼をした。イタリーでも、ついそれをやってしまい、反対され手間どった。しかし、婦人解放の功は、みとめざるをえなかった。

フランスでも大人気。世界の食料を押さえているし、美人でもある。しかし、皮肉なことに、エバはダイエットをつづけていた。気温が高いので、高価な毛皮を着たりぬいだり、くりかえした。

イギリスは労働党内閣の時で、迎えなくてはと、準備にかかった。エバは、バッキンガム宮殿にとまり、国王夫妻と夜をすごしたいと申し出て、イギリスは断わるのに苦心した。

のちのフォークランドをめぐる両国の戦争も、遠因のひとつは、このへんにあるのでは。

帰国しても、ファースト・レディでありつづけた。南米の政治家は、官邸のバルコニーに立つのが好きだが、女性としてエバは一段ときわだった。「エビータ」の大合唱が起るのだ。劇場の舞台では一流でなくても、ここではぴたりときまる。

大統領の任期が終りかけ、エバを副大統領にとの運動があった。婦人票は確実に集まり、きわめて有利。しかし、三十二歳のはずなのに、戸籍を手直しして、二十九歳が通用していた。候補の資格がない。

辞退する以外になかったが、その時、エバに白血病の症状が出はじめていた。タバコも酒もやらなかったが、むりがつづいたためか、弾圧された死者ののろいのためか。手当てのかいもなく、死去。一九五二年七月末、栄光のなか、大衆のなげきに送られて。

ペロンの政策は、労働者、経営者、職能、学生、それぞれの団体による、協同組合国家の実現にあった。しかし、巨額な保有外貨を、いい気になって使いすぎた。工業化に必要な、石炭、鉄、石油の資源が不足していた。工場建設で、人口が都市に集中した。たまたま天災で凶作がつづき、食料を輸入。ついに外貨は底をついた。

そこへきてのエバの死は、輝ける時代の終りでもあった。

二人に子はなかった。エバは親類を要職につけていた。信用できるが、死後にその収賄が発覚すると、逆効果。ペロンも、よせばよいのに少女と同居し、問題にされた。

本来の神、カソリック教会が攻撃する。人口の九割が信者なのだ。エバはうまく妥協していたが、ペロンは手ごわいのを敵にしてしまった。

破門され、神父と信者たちのデモには対抗のしようがなく、軍もそれに同調し、官邸が爆撃された。もはや、亡命するしかない。各国を回って、スペインに定住。アルゼンチンの新政府は、エバの遺体の所在を不明にした。

しかし、多くの労働者の生活を向上させた事実、その記憶までは消せない。不穏な動きは、なかなか消えない。二十年後、エバの遺体は、変名で埋葬されていたローマの墓地から掘り出され、ペロンのいるマドリッドに移された。

その翌年の一九七三年、やはりペロンでなくてはと、七十七歳で帰国をみとめられた。大統領選で六二パーセントの票を集めて、その地位についた。副大統領には、第二の妻のマリア・エステラ、愛称イザベルが就任。

しかし、人は戻ったが、時代は戻せない。戻ったエバも遺体である。政治も経済も、手のつけようがない。翌年、ペロンは死去。

夫人のイザベルが昇格したが、なんの手腕もない。厚生大臣で神がかりのレーガの助言を受け、暗殺を得意とする反共集団の力で二年ほど職にあったが、極度のインフレのため、軍の力で倒された。

そのあと、右翼テロ集団と同じく残忍な、左翼ゲリラが軍部と争い、混乱はつづいている。

ペロンと夫人のエバの功績は、アルゼンチンの労働者に、自分たちの権利を自覚させた点にある。しかし、それを行使しようにも、かつての景気は消えてしまっている。ふしぎなのは、アルゼンチンの国民性。暗殺があり、治安が悪くても、幸福感の割合の調査では、世界最高なのである。日本人など、足もとにも及ばない。凶作が終り、肉が食えれば、それで充分。いつかは、ペロンの時代がと期待しているのだろう。現在でも、有権者の半分以上がペロン信者なのだ。

フランコは悪評を残しながら、国を軌道に乗せた。ペロン夫妻は国民を一時的に夢心地にさせ、神話のなかに去った。対照的な印象を与える。

異色の人物に、ポルトガルのサラザールがいる。一八八九年、地方で旅館を経営する小地主の子に生れた。金持ちではないが、教育に理解のある家族だった。

神学校に八年かよい、北部の都市コインブラの大学に進み、経済学を四年間学んだ。その大学で七年間、教師をつとめ、一九一八年に経済学の教授となった。二十九歳。

当時のポルトガルは政治が乱れ、国王は暗殺されたり、追い出されたりで、共和国となった。

彼はカソリックの団体から、代議士として当選した。しかし、国会の混乱ぶりにいやけがさして、大学に戻った。

二六年、共和政府は軍事独裁政権に、とって代られる。サラザールは蔵相にと望まれたが、断わった。しかし、ほかに適任者がなく、二八年、大はばな権限がみとめられ、それに就任。三十九歳。

外国製品の輸入禁止、国家予算の縮小、税制改革などで、経済を安定させた。誠実な政策を看板に、新しい社会を作ろうとした。軍人の体験のないのが特徴である。労使合同の産業委員会を作り、協調組合主義を実行に移した。これはローマ法王、レオナ三世の一八九一年に出した回勅「レールム・ノバルム」をふまえたものだ。

前例のない法王で、若いころから布教とともに社会活動をやり、学校や労働者貯蓄銀行を作った。一八七八年に六十八歳で法王になり、なんと二十五年も仕事をつづけた。

諸外国、カソリックでない、東方教会のロシア、プロテスタントの米英、さらに日本とも関係を深めた。科学の進歩を無視せず、その回勅では労働者の最低賃金、生活保護、私有財産、組合の承認などを呼びかけた。カソリックを二十世紀の現実に適応させた人物。

ポルトガルの軍事政権には、世界恐慌に対処できる人物がいないので、すべてはサラザールにまかされた。一九三二年に首相となる。四十三歳。全権をにぎり、憲法を改正し、労働組合、経営者組合、知的専門職組合、それに軍の、四団体による協調国家をめざした。

いうまでもなく、ムッソリーニのイタリーを参考にしている。国家には秩序が必要で、時には犠牲もと、秘密政治警察のPIDEを作り、反対派を防いだ。秘密警察の実体は知りにくいが、保守的な国民性で、教育水準の低かった時代。大きな対立勢力はなかったようだ。

気になるのは隣国スペインの共和政権で、その転覆を計画し、準備した。だから、フランコが内戦を起すと、すぐそれを承認し、応援し、長い交友がつづくのである。

第二次大戦では、イギリスとの条約もあり、中立を守った。独伊に義理はない。戦争末期には、連合軍に基地を提供。さすが経済学者、ヨーロッパの末端であるのをうまく利用し、先見の明もあった。

サラザールについては、家庭的なことは、まったく不明。働き盛りのころも、大衆を前に演説したことがなかった。地味に徹したのか、つまらぬ暗殺をきらってか。

戦後の冷戦期には、反共であるのでNATOや国連への加盟も、すんなりいった。実質はそうでも、独裁者のイメージを押さえつづけた。

しかし、アフリカの植民地の政情不安もあり、一九五八年の大統領選では、対立派のデルガード将軍が、四分の一に近い票を集めた。この将軍、すぐにブラジルへ逃げ、まもなくスペインで死体となって発見される。PIDEの手によるのだろうが、確証はない。安易にかつがれると、ろくなことはない。

六八年、サラザールは脳出血で倒れ、身を引いた。憲法を作ってから三十五年、蔵相時代からは四十年、ポルトガルを支配してきたことになる。予定の後継者が、政策をうけつぐ。サラザールは二年後に死去。八十一歳。

批判もあろうが、戦争に巻き込まれず、大量の戦死者を出さなかった。専門の経済成長は、さほど成果を上げていないが。

国民の所得は、現在も低い。しかし、物価の安さで、観光客がふえている。


ファシズムのファシと思われるのもしゃくなので、とんでもないやつを割り込ませる。南米の北東部の国、ベネズエラの一時期の独裁者、ホアン・ビセンテ・ゴメスである。一八五七年に、山地の貧しい家にインディオの混血として生れ、牧童として働き、何年かかかって牧場をひろげ、地方政治家として顔を売りはじめる。

学歴はなにもない。ドイツの皇帝カイゼルが好きで、それと同じようなヒゲをはやした。カイゼルの政治を学んだとも思えないが。

同郷の軍人で、反乱に失敗して隣国コロンビアに、シプリアーノ・カストロが亡命していた。それが勢力をたくわえて進攻してくると、一族と協力。カストロが大統領になり、ゴメスは副大統領に任命された。

いい気になったカストロが、病気治療のためにヨーロッパに出かけると、この時とばかり、実権を手にする。一九〇八年、大統領となる。五十一歳。カストロは帰国禁止。

とにかく、一国のあるじ。

たまたま、国内で油田が発見され、国際石油資本が採掘権を求めて、交渉のため押し寄せてきた。ゴメスは取引きがうまく、金もうけに熱中した。こんな面白いことは、あるまい。実権だけ握り、大統領は部下にまかせた。

粗野だが要領のいい男で、対外債務をすべて返済、国内の道路網を整備し、軍隊の兵器を向上させた。国のためというより、私欲が先で、そのころ南米一の財産を築いた。やりたいほうだいで「アンデスの暴君」と呼ばれた。反対派はたちまち逮捕、拷問、殺害となる。何千人もが亡命した。

支持してくれる将軍たちには、気前よく金を与える。将軍が部下を使って農地を開拓すれば、その所有をみとめた。自分もまた、全土に農地を持った。

ゴメスは独身のままだったが、彼の作った子は何十人もいて、それらにも惜しげなく金を与えた。

反対派もいろいろ試みるが、うまくいかない。首都カラカスの大学生が暴動を起し、大統領宮殿に突入したが、逆に鎮圧された。そこで政務をやるような人物では、なかったのだ。

一九三五年の暮、やすらかに死去。七十八歳。あとのことは考えてなかったので、大混乱。反ゴメスの政権ができる。ベネズエラは近代国家への道をたどるが、石油産業と農業の格差は、なお問題となっている。

『世界伝記大事典』では、このゴメスの次に、ゴメス・カストロという、まぎらわしい名の人物がのっている。一八八九―一九六五年。コロンビアの政治家である。保守党右派

工学を専攻し、学位をとり、雑誌「統一」の編集長をやり、政界に入る。保守党右派の指導者。地主勢力、カソリック教会の擁護をとなえ、ヒトラー、フランコの崇拝者を自認し、四九年に大統領になり、反対派を弾圧した。軍の政治への介入をきらっていたので、四年後に軍のクーデターで倒された。

実業家、労働者、農民、大学、教会などの代表による政治をめざしていた。

その前の実力者が、ガイダン。大学の法学部を出て、イタリーに渡り、ムッソリーニに驚嘆。帰国してから、その雄弁で農民や労働者をひきつけた。

自由党の分派を率い、デモ、暴動を指揮し、反米運動をめざした。その時、ガイダンは銃撃された。民衆は保護党のゴメス・カストロ派のしわざと信じ、大暴動がはじまりかけた。

しかし、組織はなく、犯人は精神異常者とわかり、ガイダンは死んだ。暴徒は酒屋を襲い、酔っぱらい、商店の品を盗んで散っていった。

政治はゴメス・カストロに有利となるが、ムッソリーニの名は口にしたくなかったのだろう。

歴史の本となると、あまりない。

中央公論社『ラテン・アメリカの歴史』

ラテン・アメリカ協会編

日本では、最もまとまった本とされている。常識を超えた面白さがあるが、歴史の本となると、ほどほどになる。貧富の差の大きさも、感覚としてつかみにくい。

ある地方の戦争で、多くの男が死に、若い娘がありあまった。たまたま日本人の旅行者が公園のベンチにかけていると、樹の枝から女が飛びついてきた。小説以上だ。コーヒーや石油、スズやサトウの価格の上下によって、大変動が起る。政治家に限っても、異色なのはいくらもいる。興味をお持ちのかたは、ご自分でお調べ下さい。

最後に、あとひとりだけ、とりあげさせてもらう。南米の中央の高地の小国、パラグアイのストロエスネルである。

彼は一九一二年、地方都市のドイツ移民の機械工の家に生れる。士官学校に入り、在学中、隣国ボリビアの侵攻を防ぎ、砲兵隊長として手柄を立てた。

三六年、二十四歳で大尉。五一年、三十九歳で師団長。時の政情は不安定で、若く優秀な将軍ストロエスネルは、クーデターを起し、大統領となる。五四年で、四十二歳。

しかし、軍事独裁政権という、弾圧的な政策はとらない。早目に芽をつみとっているせいかもしれない。

秩序を維持し、平和と進歩をめざし、それをゆるやかに実現してゆく。反共を方針とし、アメリカからの援助や平和部隊の協力を受けている。

南米で台湾《たいわん》と国交のある、例外的な国。その利益もあるのだろう。

おだやかで、まじめな人柄。狩猟や釣の趣味を楽しむ。国際的にも友交につとめ、治安もいい。週に一回、民衆との直接の対話「公聴会」をやっている。南米の大統領として、長期記録を更新中。

なんで名を出したかというと、私が会って話した唯一《ゆいいつ》の大統領だからだ。首都のアスンシオンは、ほかの国から来ると、ほっとする。治安がいいのだ。

こんな話も聞いた。

「この国には、犯罪者と同じ数だけ、警官がいます」

つまりは、警察国家なのだ。それでも、旅行者にとっては、ありがたい。

在留の日系人も、うまくやっている。副官房長官は、貫禄《かんろく》のある女性で、訪日も何回かしていて、日本語のあいさつをする。親日的な国だ。

時は、おだやかに流れる。日本の経済援助はあるが、所得水準は低い。しかし、ふみたおさないだろう。目立たず、観光資源はブラジル、アルゼンチンの国境にイグアスの大滝があるぐらい。

一九八九年に入り、信用していた軍の代表にクーデターを起こされ、ブラジルへ亡命。在任三十五年だから、文句もないか。

人生について

「あなた、なぜ、この世に生きているのですか」

こう声をかけたら、相手は怒るだろうな。無価値あつかいされたと思って。

「自分が人間として、いま存在しているのだということを、考えたことがありますか」

少していねいになったが、まわりくどくなった。しかし、突然こんなことを聞かれたり、文を読まされたりしたら、とまどうのが普通だろう。ユーモラスに答えようとする人も、いるだろう。

「高級な話題らしいがね、べつに、たのまれたり命令されたりして、この世に生れたわけではない。もの心ついたら、人間だったのだ。なすべきことなど、知っているなんて、ありえない」

そのあたりが、本音《ほんね》だろう。読みなおしてみると、どこか安っぽいような気がする。しかし、ほかに思いつかない。

まあ、好きなように暮そう。病気にならず無事に長く生きたい。目標とは、そんなところかな。たしかに、下限の目標である。

そりゃあ、才能を発揮し、大きなことをやりたいよ。たしかに、成功者はいる。しかし、才能もなく、運もなければ、仕方ないじゃないか。現状是認になってしまう。

「なんじ自身を知れ」

ソクラテスの言葉。無理な高望みをするな、ほどほどに。なんとなく、そう解釈したくなる。そんな意味で引用する人もいる。

「人びとよ、人間の本質に目ざめよ」

これがソクラテスの真意なのだ。人間というものには、普通に考えている以上の、はるかに偉大な力が秘められている。それをほっておいて、ぼんやり一生をすごすのは、惜しいではないか。

やればできる。体力、気力、判断力、実行力など、どうすれば開発できるか、向上させうるか、いっしょに考えよう。

いったい、不意になんてことを。どうかしたんじゃないのか。いつもと調子が、ちがうじゃありませんか。

そうもお感じでしょうが、たまには新鮮でいいかもしれないよ。いつもひねくれた思考をしているので、そうなったのだろうか。書いていて、楽しい。われながら、はばの広い性格だなあと、いい気分になってしまったりして。

正直いうと、ある本を読んでの、紹介と感想なのである。

中村天風《なかむらてんぷう》著『真人生の探究』天風会本部刊　一九四七年

内容について、少し先をつづける。現代人の生活法を見ると、およそ四種類に大別できるというのが、著者の意見。

本能本位。感情本位。理性本位。信仰本位。簡単な説明をつける。

一の本能本位は、気ままな生活で、犬や猫より、野生の動物に近い。動物にも苦労はあろうが、人間社会は安易になりやすい。

二の感情本位のは、目的も方針もなく、その日をすごす。わがままで、自制心がない。その日を、週単位、月単位に拡大しても、大差ない。

三の理性本位のは、少しは高級のようだが、心身の矛盾を起しやすく、つまらぬ悩みを持つことになる。人間は、理論だけで生きているのではないのだ。

四の信仰本位の生活。正しい信仰なら最良といえるが、そんなものが、はたしてあるのか。神や仏に祈って、特典を受けたいというのは、人生にとって好ましいものではない。安易な方法。

以上の四種。どの人たちも、落ち着きがなく、つまらぬことを気にし、不平を口にしている。向上的とはいえない。

このへんで、警戒心をゆるめて下さい。著者の中村氏は、決して独断的な信仰を押しつけようとはしていないのだ。大衆感覚を大事にしている。

これこそ有益と思うに至った生活法を、多くの人に役立たせようと、まじめに書いている。すなおに理解できる。

べつに私は、宗教否定論者ではない。しかし、親しみやすく、わかりやすいものであるのが第一だと思う。まず「信ぜよ、さらば救われる」では、私としては、とてもついていけない。

それにしても、なんでこんな本を読み、しかも紹介する気になったのか。私の父と親しかった、ある男の人がいる。かなりの高齢だが、社会的に活動している。

「としを聞かれるのは、かないませんな」

と言う。それにしてはお元気でと、くだらぬ会話につきあわねばならない。感覚的に若いのだ。

少し前にお会いした時、自分は天風会の会員でねと話された。しかし、べつに強く入会をすすめられたわけではない。その時に、はじめて知ったわけだ。

会うたびに「入会を」と言われていたら、ただでさえすなおでない私は、敬して遠ざけていたろう。しかし、驚くほどの高齢で健康な人が、軽く口にした言葉というものは、気になる。

なんです、それは。印刷物でもあったら、読んでみたいものですね。たくさんは困りますよ。あらましを知りたいだけなんですから。勝手な申し出と、反省している。

かくして、この本が送られてきた。奥付を見ると、昭和六十年印刷となっている。つまり、一九四七年、昭和二十二年に出た本を、新版として作りなおしたものだろう。これ以前にも、覆刻はあったのかもしれない。

著者のまえがきも、一九四七年とある。その時のにくらべ、手直しの量はわからない。最初の出版では当然、旧字旧かなのはずだが、現代風になっていて、読みやすい。表現にいくらかの加筆はあるのだろうが、内容は一貫している。

発行所の本部は、所在地のほか、電話番号までのっている。かけてみたくなるが、やめておくことにした。内容そのものに、私なりの感じ方で触れてみたいと思ったのだ。

書物というものは、本来そうあるべきだと思っている。インタビューを必要とする本の作者など、ろくなのはいないだろう。こういう会の取材には、興味がないわけではないが、事情を知ると、それへ重点が移ってしまう。ノンフィクションにしたくない。

著者そのものが、どんな人なのか、文中に、ほとんど出てこない。自序などでかすかに知れるのは、東大医学部を出て、人生や病気に悩む。その具体的なことは、書いてない。書いたら、純文学になってしまう。

そのあげく、人間の生命力の偉大さを悟る。心身ともによくなった。それを多くの人に知らせようと、三十年以上にわたって、講習会組織を作って話し、相談にものってきた。

本書は、その講習会のテキスト用の文を、まとめたもののようだ。奥付に非売品とある。三百ページほどの、普通の本。新版が作られるからには、かなりの会員がいるのだろう。

私の亡父も、講演会が好きだった。戦前、つまり昭和二十年より前の時代は、情報の媒体が限られていた。印刷物がほとんど。さらになにかを伝えたいとなると、人を集めて話すしかない。

そのうち、亡父のテキスト集を一冊にまとめ、自費出版してみたいが、どれぐらい読まれるものか。

このようなきっかけがなかったら、この本と私とは結びつくことがなかったろう。読後の感想は、意外に新鮮な点を強調したい。

逆算すると、大正の中期から、講習会をはじめたことになるが、そんな印象は受けない。

「精神と肉体の統一が理想である」

というのが、最初のテーマ。楽器も大切だが、演奏者の腕も重要。一方だけがよくても、うまくいかない。その調和があってこそ、生命力が発揮できる。その方則を「道」と呼ぶ。

うさんくさいと思われるのは、百も承知だ。あとで、いくらか補足するつもり。「道」につづいて「気」について書かれている。東洋医学の根本だが、これの説明ぐらい、やっかいなものはない。なにかあるらしいと思って、その程度で進んでいただければいい。

ここ数年、私は毎日、導引という中国整体術をやっている。最初に教わりに行った時、その人は「とにかく気が根本」と言う。重要さを示そうと、何重もの丸で「気」の字を囲んだ。それだけでは、どうしようもない。もう少し、なんとか理解させる方法はないものか。すすめてくれた人があって来たわけで、私は申し出た。

「とにかく、現実にやってみましょうや」

呼吸と、指圧と、身体の屈伸を組み合せたもので、三十分ほどの一連の動作。やってみると、なかなかいい。中断することなく、現在もつづけている。毎日ですよ。

充実、フレッシュ、健康感がある。口をはさみたくなる人も、いるだろうな。

「そんなの、気のせいさ」

軽く言って、はたと気づくだろう。からかったつもりだったのが、自分でみとめたことになったのだ。

私なりの説明だと、プラスのエネルギーの、動的な調和といったところ。導引をつづけているので、ハリや灸《きゅう》をやめてしまったが、こちらの効用をみとめる人は多いだろう。ハリ灸のほうが、簡単だが、金がかかる。

中国哲学によれば、神やあの世などない。人生は無や虚から生れ、ふたたびそこへ帰ってゆく。リアリズムそのもの。ドライな考え方である。

だからこそ、生存を大切にしなければならない。すべては、それから。『老子』の最初の部分に「天地不仁」とあったようだ。ドライなのが現実。甘ったれるな。これが

「神や仏との正しいつきあい方」かもしれない。

宇宙空間を想像すると、つい「なんにもない」と思ってしまう。しかし、アインシュタインは「重力場とは時空間の曲がり」と主張した。電波も光も、場のひとつのあらわれ。粒子も同様。となると、粒子の集合体も、場の生み出した状態といえないこともない。最近、道（タオ）なる語が、科学のなかで流行しはじめた。

わけもなく煙《けむ》に巻いて、ごまかして話を進めようとしているのではない。その点だけは、わかって下さい。

ぼくらはみんな生きている。生きているから、息をする。生理学の説明は略すが、大気から力を取り入れている一例だ。

気のつく熟語を並べてみるか。なにか共通点を感じるだろう。気息。気象。電気。気力。病気。元気。和気。人気タレント。

無のようななかで、エネルギーの動的調和が、ある現象を生み出す。マイナスだと、病気であり、弱気である。プラスなら、人気であり、景気であり、活気である。

気は重要で、とくにそのバランスが第一。本のなかでも強調され、実例をあげるのもうまい。

スポーツ選手で、すぐれた肉体の主でも、競技の前夜に安眠できない人がいる。しかし、精神本位がいいとも言えない。坐禅《ざぜん》をやっても、すぐ高度な心境になれる人など、そうはいない。心の乱れが簡単に制止できるものなら、人生でだれも悩まない。
こういう話の運びが、著者の中村天風氏の魅力となっている。ジョギングに夢中になっている人。書店に並ぶ、ストレス解消法の本。それらへの批判を感じるが、本書の刊行された時、それ以前の講習会を考えると、感嘆するしかない。

心や感情が、身体に関連しているとも書かれている。当り前と私たちが思うのは、ストレス学説を知っているからだ。

カナダの医学者セリエが、その研究をはじめたのが一九三六年。昭和十一年だ。日本の医学者、杉靖三郎《すぎやすさぶろう》がわが国にそれを紹介したのは、昭和二十年代の後半ではなかったか。

セリエは肉体への刺激を、痛みや熱など、外的な要素から手をつけた。それを怒りや恐《おそ》れといった情動までひろげ、副腎《ふくじん》アドレナリンの分泌で、体内に影響を及ぼすと発展させたのは、アメリカの学者キャイン。

中村天風氏の着眼は、その先駆をなしている。日本人は物まねばかりと、軽々しく言うわけにはいかない。

ストレスの本は、前にも読んだが、また買ってきた。
宮城《みやぎ》音弥《おとや》著『ストレス』講談社現代新書
読みやすい。面白いのは、酒とタバコの作用についてだ。酒の酔いは、自己を日常的でない形にゆるめ、ストレスを解消する。

このところタバコは人気がないが、ニコチンは本来、興奮の作用を持つ。それなのに、くつろぎのために使われる。気づいた学者の名をつけ、ネズビットの逆説と呼ばれている。外部からの刺激への、耐性を作るためと判明した。さらに強いもので、相対的に緊張を弱いものとする。

登校拒否など、多くの例や事件が引用されていて、興味ぶかい。日本人は対日批判に接することで、ストレス解消に役立たせているのではないかと、変な連想をしてしまう。マゾはどうなのか。サウナの暑さは刺激なのか。騒音も、自分への拍手なら快感だろう。不明な部分も残されている。

宮城さんは心理学者なので、体内メカニズムには、あまり触れていない。私はストレス説の発生と発展を知りたかったのだが、それには別の本を買うべきだったようだ。あるいは、この説も現在、研究しにくい状態にあるのかもしれない。

科学の進歩も、分野によって波があるのだ。

中村氏は科学者というより、現実派。ひたすら、積極的であれと言っている。そりゃあ、言う人はいいよ。だけど、そう簡単にできるものじゃない。いやな立場にいれば、悩んだり、悲観したりするのが普通だろう。そんな反論を承知の上で、意識内の消極性を追い出せと主張している。

自己を暗示にかけ、積極的に誘導せよ。

人の心に及ぼしているもの、社会の習慣、風俗、教育、さらには流行や娯楽、すべて暗示のつみ重ねだ。つまり、人はだれも、暗示のなかで生きている。

これも、まさに新鮮である。心理学者の岸田秀《きしだしゅう》氏の説の「人間は本能の壊れた動物であり」そのため「すべては幻想である」との〈唯幻論〉を読んだ時は、驚きだった。それに似た考え方を、ずっと以前にしていた人がいたとは。

ならば、どうすればいいのか。中村説。

自分を暗示にかけようとしても、すぐにはいかない。理想では一日に一回、静座して目をつぶり、消極的な考えの排除を。しかし、現実には、まあ、無理だろう。そこで、やりやすい方法を考えた。

夜の眠る前の時を利用する。ひと仕事が終り、心身もゆるむ。そこへ積極的な気分を持ち込むのだ。いやなことは忘れ、希望を抱きながら眠る習慣がつけば、いい方向へ進めるという。「あしたは、いいことがある」と思うだけでいい。

もうひとつの方法として、鏡を見るたびに、声を出して自分をはげますのがいいとも、すすめている。大声でなくていい。つぶやきぐらいで「もっと元気になる」と言うのである。

何回もとなると、くどくなる。種類もひとつに限る。また「語学がうまくなる」というのは不適当で、むしろ「語学が好きになる」としたほうがいい。そういうものだろうな。

「気力が出ますように」といった、祈りや願望調では効果がない。まさにそうで、私にも体験がないわけではない。

対談の名手、吉行淳之介《よしゆきじゅんのすけ》さんによって、ショートショートを作るコツを聞き出されてしまった。作家どうしだから、手法は説明できないとした上でのこと。

部屋のなかを歩き回ると言ったら、それだけですかとなり、そういえば、つぶやいてますねえと言った。

自分をはげます言葉を、つぶやいていたのだ。意識してやったわけではない。流行していたCMのパロディ調をやったのも、思い出した。無意識の世界から、なにかを引き出すには、それが必要なのだ。

はげますことの大切さのほか、中村氏は言語の重要性をとなえている。ことだまとは昔からある呼称だが、言語の持つ暗示力の再認識だ。消極的、つまり陰気な言葉は決して口にするなと。

泣きごとや弱音《よわね》、つらい、いやだ、くやしい、悲しい、困った。これらを言うことで、自分を低めてゆく。人生は観念の世界とした上でなので、説得力がある。

作曲家の中村八大《なかむらはちだい》氏の短い文で、感銘を受けたので切り抜いておいたのがある。ある年上の知人の家で、つい売れなかった数年間の話をはじめた。すると、ひとこと。

「人前では、よしなさい。みな苦労をしているのだ。だれもが話しはじめたら、世の中は暗くなってしまう」

はっと思い、明るい話だけをするようになり「上を向いて歩こう」の世界的ヒット曲が生れることになる。

いい話だ。

自分は貧しい、弱者だ、不遇だ。こう叫びつづけるのは、考えものだ。そんな政党があるが、大会のようすをテレビで見ると、親しめない。はるか昔「未来はわれらの時代」と叫んでいた時は、目が輝いていたのに。

著者の中村天風氏は、他人をはげますのはいいが、過度の同情は禁物とも言っている。身の上話を聞き、ともに泣き、悲しみ、怒るのは、いい結果をもたらさない。さらに陰気の度を深め、こっちまで道づれになる。

自己暗示も、とくにむずかしいことではない。眠る前ぐらい、楽しい気分になるようにつとめて、小声で自分をはげまし、陰気な言葉を使わないようにする。

簡単ではあっても、日常生活にとり入れられるかどうかだ。いかなる名言も、実行されなければ意味がない。

私も、ひとりごとで自分をはげます習慣は、苦しまぎれに身についたのだ。中村八大氏が「愚痴をこぼすな」の処世訓を身につけたのは、彼の音楽的感覚からかもしれない。

著者の中村氏のすすめることを、もうひとつ。

「肛門《こうもん》を締めること」

言ったり書いたりには、かなりの抵抗もある。しかし、排便の時にはそうしているのだし、気のむいた時にやっても、他人に知られるわけがない。

これは、昔からの話らしい。

船が沈み、ほとんどが死亡。なかで、ひとりの僧だけが、死相になっていない。手当てをしたら、息をふきかえした。

「よほどの修行をなさったようですね」

と聞くと、僧が答えた。

「そんなことは、ありません。旅に出る時、師から、事件に会ったら肛門を締めよと注意されていたので、そうしたまでです」

師とは、白隠《はくいん》禅師だったという。

この行為は神経叢《しんけいそう》の乱れを防止する。つまり、各所に散在する急所を安定させる。これぐらいなら、やれそうだと思う。しかし、むずかしい。日常生活のなにかと関連させれば、身につくのだろうが。

あといくつかあるのだが、やってみる気のあるかたは、この本をどこかで入手なさって、お読み下さい。

この著者は、話の運びもうまい。精神統一とは、ある事物に思考を統一することではない。ゲームや娯楽にいかに熱中しても、それは向上をもたらさない。

それとは逆に、事物や現象を、心のなかで整理するのが、正しい意味の統一である。

発明や発見の瞬間など、そのような状態だろう。私も短編のアイデアを、そんな形で得ることが多い。さめて、距離をおいた感じなのだ。

ところどころに、ユーモアもある。一冊の本だ。もっともらしい人生哲学や、科学理論のすべてをつめこむなど、不可能だし、役にも立たない。

理屈にのめりこむひまがあったら、肛門を締めろか。古びた印象を与えないのは、それが一因かもしれない。

また、医学がいかに進歩しても、病的なことはなくならない。むしろ、つぎつぎに新しい病気が発生する。昭和初期にこんな主張をしたとは、驚きだ。

普通、未来の予測となると、楽観的になりがちだ。とくに病気となると、対象が明確なので、科学の進歩で可能と考えたくなる。

新しい病気に対しては、人間の持つ適応作用を伸ばすこと。それは必要と思う。汚染有害物質まではどうかだが。

社会の複雑化による、精神的なひずみは、適応作用によるのが有効だろう。あるがままの自然に、さからおうとしないこと。著者の体験をふまえているのかもしれない。

じつは私も、少年時代かなり神経質だった。具体的に対人関係がどうのというのではないが、つまらぬことが気になる。多くの人がそうなのだろうが、話しにくいことなので、悩みが内部にこもる。

私の場合、戦争の時代となり、それがひとつの助けになった。しかし、その経過を回想すると、生きるのは苦痛をともなうものだとみとめる。あきらめか、覚悟か。そうなると苦痛はなくなってゆく。

あとになって知ったのだが、森田《もりた》療法というのが、その方式によるものだ。早く知っておけばと、残念に思う。現在でも、子供むけに書かれた本はないようだ。需要はあるだろうと思う。

東大医学部を出た森田正馬《しょうま》氏が、一九二一年ごろに研究をはじめた。かなり昔であり、またユニークである。欧米の心理療法では、心のなかの不安や悩みを、異物として除去しようとする。森田療法では、その存在をみとめ、共存させるというやり方。

日本の科学や医学は、欧米崇拝の伝統があり、独自な発想をみとめたがらない。百科事典にも、のっていない。一例として、日本特有だが肩こりという症状があり、現実に悩む人がいるのに、医学としては、まともに研究されていないようだ。

森田療法は「あるがまま」の思考で、中村氏と同じである。どちらが先かは知らないが、日本人の場合、すなおに見つめれば、有効だといえよう。

こういう文を書くと、問い合せの手紙が来る。悩みはわかるが、私は専門家ではない。書店へ行って、本を見つけた。

岩井寛《いわいひろし》著『森田療法』講談社現代新書

あらましを知ることが出来る。この岩井氏も、子供の時に母親から「かくあるべし」との教育を強く受け、中学二年の時に、かなりの神経質を持てあました。しかし、森田療法により克服した。

上智《じょうち》大を卒業、早大文学部大学院で美学を研究、東京慈恵《とうきょうじけい》医大を卒業、各校の教授を歴任。優秀だから、悩むのだ。

この本を買った時には予想もしなかったが、読み終えて驚いた。岩井氏は執筆中に腹腔《ふくこう》内にガンが発生した。発見がおくれ、手術はしたが、全快ではない。

「精神科の医師なら、心の動揺は押さえられるでしょうね」

と言われ、うなずくと、かなりの大きさのガンと告げられた。三年の余命はあるだろうと思ったが、難聴になり、左耳はまったく聞こえなくなった。

それればかりでなく、両眼にも障害が起り、失明にむかう。そして、最後は口述筆記により、本をまとめ、まもなく死去。苦痛もひどかったらしい。壮絶なドラマで、そのためか本も版を重ねている。

これを読むと「病気かもしれない」とか「悪口を言われているようだ」とか「失敗したらどうしよう」など、仮定の問題で悩むのは、ぜいたくと知らされる。対人恐怖、赤面恐怖、視線恐怖も同じこと。

そもそもは、森田正馬の人物と、その着想のきっかけ、学説の展開、欧米の精神療法との対立などを知りたかったのだが。べつな本をさがさなくてはならない。事情がそうでは、参考の本をのせてくれればとの文句も言えない。

引用例で面白かったのは、ある少年をなおそうとして、てこずった例。作業どころか、動こうともしないので、わけを聞く。

「先生の指示に従っているのですよ。つまり〝あるがまま〟です。他人と会って緊張したくない、仕事をやるのはめんどう。自己に忠実にしているのです」

完全とか、向上とか、目標にむかっての悩みは、森田療法が有効となる。しかし、目標のない時代となると。

岩井氏は一九三一年生れ、戦前も、戦後の混乱や貧しさも知っている。大正時代の日本は、地位や富という目標が、当然の形で社会に存在していた。森田療法も、その上に成立しえた。

こう、物のありあまる時代になっては、さらに新しい対策を考えねばならないのか。人間とは、やっかいなものでもある。

さて、中村天風氏の本に戻るが、健康法の各論にも多くのページが使われている。大筋では正しいと思うが、年月による差はやむをえない。日光も、大気も、土の地面も、都会では自由にならない。

それにしても、あの時代に現代にも通じるユニークな説を、よく考えたものだ。ほとんど自己を語らないので、なにか神秘的でもある。

健康に関する本なら、何種も出ている。しかし、どれも、ただの健康法である。生存とはなどに及んでいるのは、見たことがない。これは、異色な内容だった。それに関連して、あれこれ考えさせられた。

世の中には、いろいろな本があるものだ。知識欲も、いいものだ。クイズ的な断片的な情報も面白いが、ひとつの思考法に接するのも、さらに楽しい。

エスキモーとそのむこう

ふと手にした一冊の文庫本が、おどろおどろしい泥沼への一歩となろうとは、だれが予想したであろうか。

小説の書き出しでやってみたかったのだが、もう手おくれ。しかし、深入りして戻りにくくなる分野って、まだどこかに残っているのだ。それを、体験をふまえて紹介しようというわけ。

下の娘はサーフィンに熱中しているが、意外に本を読む。サーフィン雑誌に記事を書くので、文章に接するのは、いいことだろう。なぜか、私の本は読まぬ。

女性の作者による、体験記などが多い。またエコロジー（環境問題）のもある。読んで処分しようとしたなかに、左の一冊を目にした。

『アラスカ・エスキモー』

祖父江《そふえ》孝男《たかお》著　現代教養文庫

祖父江さんは人類学者で、小松左京《こまつさきょう》さんの紹介でお会いしたことがある。当時は国立民族学博物館に在職なさっていて、案内していただいた。

どんな研究をなさっておいでか。読めばいくらかの知識も得て、話題のたねにもなるだろう。と思って、私の書斎の棚に移し、ひまが出来たので、ページをめくった。

序文によると、昭和三十五年、明治大学がアラスカ学術調査団を派遣した。団長は岡《おか》正雄《まさお》教授。祖父江さんも、その一員として同行した。

これが、日本人による最初のエスキモーについての調査である。戦前はアジアや南方が優先し、戦後は余裕がなく、この本は発売時に、かなりの驚きを読者に与えたことだろう。

現在は、テレビが争って各地を映している。未紹介の秘境など、残っていないのではないか。しかし、テレビだと絵になる光景が優先してしまう。本ならではの部分だって、あるのだ。

グリーンランド、カナダ、アラスカ、東シベリアなど、北極海周辺に住むエスキモーは、約八万人、アラスカには、その二割の一万六千人。それも、内陸部と海岸地帯とに分れる。べつな種族ではないが。

著者たちは白夜の六月、最も文明の及んでいないと予想される、内陸のアナトブクという十七戸の村へ行く。アラスカの中央にフェアバンクスという町があり、そこと北極海の中間にある。セスナ機を利用。

着陸をすると、毛皮のアノラックを着た人たちが、どっと集ってくる。アノラックとは「衣服」の意味の、エスキモー語。なんで、これだけがひろまったのか。

そして、にこにこ顔で、人なつっこい。だれに対してもそうらしいが、日本人は顔が似ているので、うれしくてたまらないという印象を受ける。

テント生活のつもりだったが、ツンドラ（凍土）の上はムードもなく、住みやすくもない。アメリカ軍が極北生理学の研究にと建てた、カマボコ型の小屋があり、そこで宿泊することにする。

荷物を運び込み、一段落。さてと思って見まわすと、建物内は人でいっぱい。にこにこし、静かだが、大ぜいだ。外来者には、みなで押しかけるのが礼儀だと、教えられていたことを思い出す。

自分たちだけでの食事はできず、全員にごちそうすることになる。覚悟していた以上の食料を使い、会話をつづける。英語は、かなり普及している。それは、夜中までつづく。

話題を作るのに困る。サクラの花、海水浴、地下鉄など、説明しようがない。

翌朝に起きると、何人かが来ていて、朝食を出すことになる。早いところ、外出して村へ調査に出かけることにする。

エスキモーというと氷の家を連想する人が多いが、このへんでは土を固めて作った小屋。夏にはテント生活もする。狩猟の対象は、カリブーという大型のトナカイ。時にはクマ、オオカミもとる。

ワナを使うが、銃も普及し、効率もよくなっている。燃料が乏しく、肉は生で食べる。エスキモーとは「生肉を食べる人」の意味で、少し南のインディアン語。あざけりの気分を持つが、とくに気にしない。

生肉はビタミンCを含み、寒さに強いからだを作る。石製の皿に油を入れ、光源のランプとし、暖房の役にも立てる。

動物の皮でカヌーを作り、川を下ってカリブーの皮を渡し、アザラシの油を入手するという交易をやる。自分の尿もとっておく。アンモニアを含むので、皮をなめすのに利用する。

多くの物を共有しているように見えるが、正しくは極度に気前がいいのである。生れたての赤ん坊を置き去りにし、老人をもそうする。きびしい環境なので、とめどなくお人よしにはなれない。

妻を貸す風習もある。歓迎でもあるが、義兄弟といった関係になって助け合うのも、双方のためなのだ。

死亡率が高いので、残された者は、義兄弟が世話をする。文明社会にいては、想像しえないルールである。家庭生活では、妻の父親が最も大きな発言力を持つ。結婚は、むこに行くという形だ。

目についた部分を引用したが、ほかにも珍しいことが多い。読みやすい文で、エスキモーへの親近感で書かれているので、思わずその世界へ入ってしまう。

つぎに調査団員たちは、北の北極海ぞいのバロー岬の町へ行く。エスキモーたちは、寒空の下なのに、明るい表情。しかし、ホテルの受付けの女とか、白人と結婚した女など、文明を背におうと、ぶあいそになるらしい。

著者たちは、エスキモーとまちがえられる。そして、前の土地の長老の名を出すと、なつかしがられる。仲間としてのネットワークは、広く確立している。

海岸エスキモーは、主としてアザラシを狩猟し、食料とする生活。しかし、文明化すると、牛や豚の肉も買えるようになる。電気も使える。セーターやGパンも着られる。そのあげく、カゼをひく者もふえる。砂糖を使うので、虫歯もふえる。

白人とインディアンとは、昔の西部劇映画にあったごとく、土地所有の争いの歴史で、友好的なものではなかった。

しかし、エスキモー相手では奪って価値のある土地もなく、とくに争いはなかった。問題は、酒を持ち込まれたこと。しかし、インディアンほど、酒を強くは求めない。酒なしでも、楽天的でいられるためだろうと。

さらに西の土地には、遺跡があり、出土した人骨からみて、紀元前二、三世紀のものらしい。そこの埋葬法や、装飾品から、シベリアのオビ川の北極海への河口あたりの住民が、移動してきたとの説が立てられた。

紀元前六千年と思われる遺跡もある。とにかく、ベーリング海を越えて、北アジアから来たと断定していい。

成年婦人に、意味もなく言葉や動作をくりかえしつづけるヒステリー的な現象が、たまに発生する。これは北海道のアイヌにかつて見られたもので、私の祖父が明治時代に見て、記録している。なぜ共通しているのか、解明はまだだが。

こうなってくると、ほかの本も読んでみたくなる。疑問部分も、いくつか出てきた。

『カナダ・エスキモー』

本多勝一《ほんだかついち》著　朝日文庫

調査への出発は祖父江氏より三年ほどあとだが、こちらは、対象がカナダ・エスキモー。しかも、英語の通じない地域である。しかし、凶暴さのない人たちなのだ。

五月下旬に、たどりつく。北極海ぞいの、数家族の村。雪の下の穴に作った住居。貯蔵食料の凍った生肉、便器などからの異臭が強い。そして、笑い顔の人びとが、子供を含めて集ってくる。持ってきたビニール製のオモチャが、たちまちねだられる。そのかわり、家族構成を聞き出せた。

だれも、寒さに適応している。皮を着ての生活で、とくに下着をつけない。汗がこもらないので、冷えにくいのだ。

同じモンゴロイドでも、ツングース族（中国東北部）や朝鮮《ちょうせん》北部の人より、ここのエスキモーはもっと日本人に似た顔だそうだ。

カリブーの狩猟もやるが、海岸エスキモーのため、アザラシが主な生活源。犬の引くソリが、重要な交通手段。その犬たちへの訓練はきびしい。ムチでたたくし、倒れた犬はソリで乗り越えて進むこともある。

ムチでなぐられ悲鳴をあげ、ほかの犬たちの速力を高める役の犬もいる。ちゃんとやらないので、立腹して、なぐり殺すこともある。

犬をペットとして飼っている人にとっては、残酷きわまる話だ。しかし、へたをすれば、人間が死んでしまう。そうすれば、犬も全滅。決して反抗しないよう、徹底的にたたきこむ。

日本の隊員たちが、頭をなでたりしたら、犬たちにばかにされ、ほえつかれた。けとばし、なぐるようにしたら、役に立つ犬に戻った。

人の食料がなくなれば、犬の肉を食べる。そういうものだろう。私はペットに関心がないので、すぐ理解する。赤ん坊や老人すら、置き去りにする環境。ペット優先なんて、のんきなことは言ってられない。しかし、日本人は、感情的にすぐ賛同しにくいだろう。

内陸へ出かけ、カリブーを殺し、皮に寄生するハエの幼虫を食べ、解体して内臓をかじる。そういう日常なのだ。

ここのエスキモーたちも、氷の家には住まない。ただし、何割かの人は、作り方を知っている。非常の場合に役立つのだ。

北海道の冬には、地上で気球をふくらませ、水をかけて凍らせ、空気を抜いてドームを作るのが観光用に普及した。ここでやったらと思うが、あいにくと水がないのだ。手間をかけて、氷をとかさなくてはならない。

極寒の地だ。衣服のシラミ退治は、それを外に出し、凍死させ、はたき落す。読まされて、はじめて知る。

ここでも妻の交換をする。不猟つづきの時、シャーマンのお告げで、することもある。そういうものか。

エスキモーは、数についての観念を持っていない。狩で逃げられたカリブーは、何匹でも同じことだ。毎日の単調きわまる生活のためらしいとのこと。

洪水、季節など、農耕民族だと、日数や年数を考える。数の感覚がないと、計画経済ができない。貯蔵すべき量がわからず、食料不足になりかねない。

なるほどだが、この本の末尾にカナダの文化人類学者、クローム氏による、エスキモーの一年間の生活調査がのっている。それによると、冬へむけての食料貯蔵もやっているし、皮や細工品の交易もやっている。

アラスカ・エスキモーの本では、そんな描写はなかった。カナダのこのエスキモーたちは、生活に計算が必要でないからではないか。

日本人に創造力がないとの説があったが、余裕と必要性によって、それが発揮されるようになった。話がそれかけた。

ここでは、巨大な海獣のセイウチも狩の目標になる。もちろん、食用。エスキモーにとっての、味の順位は次のごとし。上から。

カリブー、ウサギ、サケ科の魚、カモ、アザラシ、ライチョウ、白クマ、セイウチ。

また話がそれるが、最近フランスの人類学者のC・レヴィ＝ストロース氏が来日し、講演をした。

「日本の海幸彦、山幸彦伝説は、漁業と狩猟の文明対立を、釣り針と弓矢との交換で中和する。日本の特色である」

おせじめいているが、それなら、エスキモーのほうが、さらに上だ。食料の生物を入手という点では、海も陸もない。

著者の本多氏は、言葉を学びながらなので、心情にまで入ってゆく。笑顔でいても、ずるさもあり、イエス、ノーの使い分けなど、共同体でのやむをえなさにも触れている。

「アーマイ」

という返事を、よく聞く。なんともいえない、それぐらい、予想できない、などの意味を持つ。日本語なら、あいまいか。

英仏両語の対立するカナダでは、アラスカのように英語教育がしにくいのだろう。いいことかどうか、キリスト教が入りこんでいる。

文明の流入も、変化をもたらす。ライフルの入手は、狩猟を楽にし、収獲をふやすが、カリブーの数をへらす。カヌーにつけるエンジンも、便利だが同様だ。

タバコをおぼえると、ひっきりなしに吸う。雪中の家で、保温のため換気が不充分で、ノドに悪い。肺結核が多いのも、そのためのようだ。

あと、問題は世界一の自殺率。アルコールの出まわりと関連させる説もある。原因の順は、子供など近親者の死を悲しんで、病気など身の不幸、配偶者への不満、老人になりすぎたので。

たまたま「ニューズウィーク」の日本語版、’88年三月二十五日号を見たら「アラスカ・自殺地獄」の記事がのっていた。

人口五百五十人の村で、自殺八、未遂は数十、殺人二、溺死《できし》四。一割もが、死にかかわりを持っている。二十―二十四歳の青年の自殺率は、全米平均の十倍となっている。文明のせいなのか、もともとそんな傾向があるのか、楽天的との説はどうなのか、深入りすると、別な方向に進んでしまう。

これで二冊の本を読んだわけだが、ヒゲのことがよくわからない。カナダ・エスキモーのカバーの写真の男は、いくらか生えている。アラスカでは、隊員のひとりがチョビヒゲをはやしたら、人気者になったとある。

青年の写真も、ほとんどヒゲなしだ。いちいち剃《そ》っているようすもない。アメリカ・インディアンには、ヒゲがない。エスキモーに似ているといっても、日本人の男はヒゲを伸ばせる。アイヌ系は毛深い。

ヒゲをふまえた人類学の本は、ないものか。

『エスキモー　極北の文化誌』
宮岡伯人《みやおかおさひと》著　岩波新書

あるものですなあ。さきの二冊より、内容的に新しい。対象はアラスカの、ベーリング海側のエスキモーである。

「ことばを教わりたい」

まず、ここから入る。警戒心をといてくれるのだ。しかし、習得は容易でない。文字が確立していないし、ひとつの言葉が多くの意味を持っている。語尾の変化も、二十一通りあり、これより多い言語はないらしい。

教えてくれる相手も、上達のおそさにがっかりする時期がある。しかし、くりかえして質問していると、相手自身が言葉の法則性に気づいて、乗り気になる。

こうなると、調子が出る。さまざまな表現を教えてもらえる。本書は、そのあたりに特色や面白さの重点がある。この著者は、エスキモー語の本をまとめた。

神話伝説の紹介もある。

最初の人間は、ハマエンドウのなかから出た。男だった。ワタリガラスが舞いおり、ツノヒツジ、トナカイ、カリブーのつがいを作った。それらの像を作り、生命を入れたのだ。

また、人間の女を作った。鳥、魚を作る。とりすぎないように、クマを作り……。

有名な神話のようだ。

'82年の推定だと、エスキモーの総計は約十万、アラスカに三万四千と、ふえている。

しかし、この本にも老人や赤ん坊を捨てる話があり、自然のきびしさに触れている。

近隣のインディアンとは交易をするが、敵対的な感情を持ち、ばかにしあっている。犬ゾリ。皮のカヌー。明りと暖房にアザラシの油を燃やす。横に細い切れ目の、雪メガネ。エスキモー共通の文化である。

北極海ぞいのエスキモーは、わりと共通した言語体系。ただし、アラスカ南西部となると、かなりちがっている。二種のまざった地域もあるが、今後の研究課題だとのこと。この地方は、カヌーをよく操り、主として海中生物を食料としている。海洋的な要素が多いのだ。

伝説の第二には、セドナという海の女神が出てくる。石が犬に姿を変え、ある娘と結婚し、子供ができた。話の展開はわりとこみいっているが、その女は最後に海の女神となる。

南西アラスカでは、快適とはいえないが、四季の変化がある。そのため、食生活のはばが広い。夏には、野イチゴもとれる。渡り鳥も食べられる。また、サケを売れば金になり、品物が入手できる。

風習として、食べたアザラシの膀胱《ぼうこう》をとっておき、日を選んで、海へ戻す。春にはまた、アザラシとして戻ってくるように。

子供たちが家々を回り、小魚を求める風習もある。ハローウィンに似ている。

ひとつの伝説。

自分たちの祖先が移ってきた時、トネックという民が住んでいた。学ぶべき技術を持っていた。犬ゾリで訪れると、非常に驚き、奥地へと逃げていった。

アラスカは帝政ロシアによって発見され、毛皮を求めて、殺人をはじめ、かなりの無茶をした。一八六七年にアメリカが買収してからは、同化政策をとり、英語の教育に熱を入れた。

かなり普及する。二つの言語の併用は、弱い言語の消滅をうながす。テレビが普及し、衛星から映像と声を送り込めば、子供はたちまち英語の人になるだろう。

一方、軍の基地、石油、天然ガスの開発で近代化し、労働人口も流入した。エスキモー固有の文化は、失われる傾向にあり、これは防ぎようがないだろう。

この本の特色は、南西アラスカのエスキモーという、ひとつの種族に焦点を当てた内容にある。研究の方法の実際がわかる。

カナダのエスキモーとの差が示されている。人種に関係したものなのか、環境によるものなのか、知りたいところ。そこを想像で処理しないところが、学問なのだろう。

私は勝手に考えてしまうが、この地方の人たちは、いくらかあとに、ベーリング海を舟で越えてきたのではなかろうか。

この三冊を読めば、まあいいだろう。関心のめばえたかたは、どれかをお買い下さい。紹介したのは、一部分です。

これらの本を読みながら、生活の珍しさもさることながら、気になってならなかったのは、南米のインディオ、北米のインディアンだ。それ以前に、この地を通過して、新大陸へ渡っていった種族である。

『アラスカ・エスキモー』の終り近く、多くの学者の統一見解が紹介されている。最後の氷河期、いまから一万五千から二万年ほど前のことだが、陸上の氷河がふえたため、海水がへった。

ベーリング海は水深が四十メートルのため、水面が百四十メートル下ると、アジアの東端と、アラスカが陸つづきになる。しかも、北極海から寒流が入らず、南からの暖流のため、氷河期の名に反し、そう低温ではなかったのだ。少なくとも、太平洋に近い暖流のそばは。

長いあいだの疑問が、これでとけた。かつて、どこかの出版社が世界史のシリーズを出した。その最初の巻のカバーの絵に、凍ったベーリング海を、毛皮を着た一群が寒そうに歩いてゆく絵がのっていた。

氷河期のベーリング海となると、そうなってしまいかねない。しかし、なにを好んでわざわざ行くのかとなる。新大陸に、南の温暖な地のある保証はない。火の起し方は知っていただろうが、氷上では燃料がない。

私がエスキモーに気を引かれたのは、このわけのわからない絵の印象が頭にひっかかっていたからだ。

『エスキモー 極北の文化誌』のなかで新大陸のインディアンは「古《パレオ》モンゴロイド」で、エスキモーは「新《ネオ》モンゴロイド」で、人種的に少し差があると書いてある。

南米のインディオは、血液型がほとんどO型、アメリカ・インディアンにはA型がまざる。エスキモーにはB型も加わり、その点では多様化している。

とにかく、新大陸の原住民は、ここ以外から入ったものはいなかった。アトランティスやムーは伝説であり、アフリカや南太平洋からの移入はなかった。漂着者がいたとしても、無視していい数である。

人類の発生は新大陸で、ベーリングを西へ進んでアジア、アフリカへとの仮説も立てたいが、原人の骨が残っていないと、どうしようもない。

氷河期の終りは、八千年から一万年前といわれる。海峡で分離し、寒流が入ってきて、寒さはきびしくなる。

エスキモーたちは、そうなってから渡ってきたのではないか。寒い北東アジアから。寒さへの適応力もあり、魚をとる技術も持っている。

温暖な地方へ進みたくても、先に出かけたインディアンの勢力圏だ。この地方で生きてゆくしかない。

カギは犬にある。犬がソリを引いて当り前と思うだろうが、エスキモーに限るのだ。そもそも、新大陸に犬はいなかった。引用した民話のなかに、先住民が犬を見て驚いたとあった。

犬を調べなくてはならないが、百科事典ですませておく。それでも、かなりの量の記事だ。犬はある程度に文明が進まないと、利用しようがない。飼育して食料にするには、ほかに適当な動物がいる。

エジプトに文明が発生し、犬が人間と関係を持ちはじめた。氷河期に新大陸へ渡っていったモンゴロイドは、犬を知らない。

初期のエスキモーは、犬を使ったか。そのあたりは、未解決だ。しかし、犬との生活が可能なだけ、新しい移住者といえよう。

民話関係の書名を並べる。

『アメリカ・インディアンの神話と伝説』

エラ・イ・クラーク著　山下欣一《やましたきんいち》訳　岩崎美術社

『アメリカ・インディアンの民話』

S・トムスン著　皆河宗一《みながわそういち》訳　岩崎美術社

『無文字民族の神話』

パノフ著　宇野公一郎《うのこういちろう》・大林太良《おおばやしたりよう》共訳　白水社

前にあげた、犬が娘と結婚する話は、アラスカ・エスキモーの民話としてのっている。

こういう三冊から、犬がからんだ民話をさがすのは、大変な作業だ。民話の研究家は多いのだから、だれかがやってくれていてもいいのに。おかげで、時間を費した。もれたのがあるかもしれない。

カリフォルニアのインディアンの創造神話のなかに、珍しく犬が出てくる。エスキモーの犬が、交易の形で入ってきたのか。

ほかには、まあない。草原にいる野生の動物、コヨーテを、話の聞き手が犬と思い込むことだってある。

新大陸へヨーロッパから移民してきた連中は、とにかく生活や利益が第一だった。余裕ができて、はじめて神話や伝説でも調べるかとなる。その時には、条件も変り、原型から変ったものとなっていただろう。

アフリカの民話を集めた本のなかに、人間がどうして神からタバコをもらったかの話があった。タバコの原産は、ご存知のとおり。

動植物の分布と、民話の関連を、きちんと整理する人はいないものか。面白いと思うが、もはや手おくれかもしれない。

新大陸には、犬、ブタ、牛、馬、羊、ネコなど、いなかったはずだ。

気になるなぞは、ほかにもある。ラクダだ。アシモフの本によると、ラクダの原産地は北米大陸なのだが、それがユーラシア大陸へ渡り、コブのあるラクダになった。ベーリングを越えてだろう。

南米へ渡ったのが、リャマやアルパカになった。そして、北米では絶滅した。なぜだかわからない。

いずれもラクダ科だが、どちらも家畜的な感じがしてならない。家畜となると、人間と共存していたはずだ。

ヒツジの発生、家畜化は、一万年以上もさかのぼった時代といわれる。ラクダも便利な生物だと、人間がアジアへと連れていったのではないか。

ソ連の農学者バビロフは、農耕は大河の流域からでなく、山岳地帯ではじまったとの説を出した。気候がよければ、野生の植物でたりるわけだ。バナナのように。

ある説によると、家畜のエサのため、農業が発生したともいわれている。アンデスの山地で、リャマ、アルパカを飼うと、食べ物をやらなければならない。

ジャガイモ、トウモロコシ、トマトなどは、中南米の原産だ。そんなことで、家畜文明の発生は南米ではないかと、主張してみたくもなる。

絶版だが、書名をあげる。

『最初のアメリカ人』

ツェーラム著　寺田《てらだ》和夫《かずお》訳　新潮社

現在、入手不能。くやしがることはない。副題は「北アメリカ考古学物語」だ。読みやすいが、研究史が主な内容。

アメリカ独立宣言の文を作り、第三代の大統領となったジェファソンは、自宅のそばのインディアンの遺跡に興味を持ち、掘って骨を発見した。北米の考古学の祖といっていい。また、こうも書いている。

「この地のインディアンたちは、いずれわれわれと混血し、ともにこの広大な地に発展するだろう」

本気であり、きわめて進んだ考えだが、白人たちはその方向をとらなかった。中南米へ移民したラテン系は、混血をいやがらなかった。宗教の差か、文化の差か、これを調べはじめると、また横にそれる。

この本は、せまい意味での考古学研究史で、私の疑問と、あまり関係ない。巻末に「最後の石器時代人、イシの物語」というのがある。

直訳すれば、石なのだろう。白人の進出で滅亡したはずの種族の男が、ひとり発見され、名をつけ、インディアンに世話をさせ、数年を生きた話。ほろぼされた種族は、たくさんあったはずなのに。

結論として、氷河期にベーリング海を越えて、狩猟する人たちがやってきたことを指摘。

「自分たちが最初のアメリカ人であるなど、知るよしもなかった」

との通説に落ち着く。三十人の一団は、五百年で一万二千人にふえる。一年に南に五キロほど移動すれば、五百年でアラスカからメキシコまでひろがるのが可能だそうだ。

この本には、ピラミッド、神話、言語など、エジプト、中国などの文化との共通点を見出せるが、影響を受けたと証明されるものはなにもないとある。

インカやマヤの文明は面白いが、そう古いものではない。エジプトや中国の文明とは、はるかに時代がへだたる。新大陸では、年月はゆっくりと流れたのだ。それにしても、ヨーロッパからの侵入者たちが、もう少し保存を考えていてくれたらと、残念でならない。なまじ、黄金が産出されたのが、いけなかったのだろう。

北東アジアのモンゴロイドは、かくも広大な地域へひろがったのかと、あらためて感心する。

多くの人がみな、エスキモーと日本人の似ている点をあげている。私がソ連へ行った時、作家会議でモンゴルの人と会い、言葉は通じないものの、おたがい親近感を持った。トルコへ行ってその地の人と会った時も同様。

南米アンデス地方の、ヨーロッパやアフリカ系との混血の少ない住民をテレビで見ると、日本人と似ているような気がする。大正の末、私の亡父がペルーで薬草園を作ろうとしたが、チチカカとかツルマヨの地名に、日本的なものを感じたらしい。

モンゴロイドはほかにもいるのに、なぜ、これらに好感を持つのか。利害関係がないからかもしれないが、北米インディアンはとなると、とりたててではない。

日本人の成立について、なぞは深まるばかり。私の母方の祖父、小金井《こがねい》良精《よしきよ》は解剖学の教授をしながら、もっぱら人類学の研究をし、長い人生をすごした。それだけの魅力のある分野らしい。

とにかく、モンゴロイドがベーリング海峡を越え、断続的に新大陸に渡り、分布し、長い年月を自然とともに生活してきた。平穏とはいえなくても、安定はあったようだ。

やがて、インカ、アステカ時代の建造物を作り、金の細工をし、美術品を作った。天文台を建て、正確な暦も作った。

しかし、体系的な科学を持ち、実用技術を高めたかとなると、評価はできない。硬さのある金属の不足もあるが、平穏も原因のひとつだろう。

そのあげく、やってきたヨーロッパ系の人たちに、さんざんな目に会わされた。殺された人数を総計したら、数千万になるのではないか。

ユーラシア大陸とアフリカでは、べつな形をとった。エジプト、メソポタミアで文明が起り、ギリシャ、ローマも栄えた。アレキサンダーが東征し、宗教が発生し、モンゴロイドでもジンギスカンは勢いよく、大帝国を作った。

暗黒時代があり、ルネッサンスがある。武器での戦い、宗教の争い、種族や集団の争い、利益をめぐっての対立。それらが科学を高めた。

科学とは、争いの産物である。

新大陸では、それがなかった。戦うとしても、動物や自然条件が主だ。単一民族で、言語もほぼ共通となると、争いにも限界ができる。ハンディは大きいのだ。

インカの王が、人間を太陽神への供《ささ》げ物として、生きながら心臓を取った。ひどい話のようだが、それで死んだ数は、白人に殺されたのにくらべれば、わずかなものだ。

ＵＦＯの正体を私は断言できないが、高度の科学は、やさしさとは別なのだ。それが克服され、両立する可能性はあるはずだし、期待はしているのだが。南米にＵＦＯの目撃例が多いという。その地で滅亡した、初期モンゴロイドのうらみのあらわれではないか。念力で円盤を呼びたくもなろう。

これは、ほんの思いつき。新説だと思うが、いまは深入りしない。

最後に、もうひとつの新大陸の原住民についての、書名をあげる。

『悲しきブーメラン』

新保満《しんぽみつる》著　未来社

副題が「アボリジニーの悲劇」で、内容もそうだ。著者はカナダの大学に学び、現在もその地の大学の準教授。専攻は社会学。

一九八四年から十ヵ月、オーストラリアの北部準州（ノーザン・テリトリー）に滞在し、原住民の調査をした。

アボリジニーは、辞書を引くと原住民、古い辞書だと土人、原生の動植物とある。ひどい呼称をくっつけたものだ。

じつは私も、はじめて見た時には驚いた。つやのない黒さで、異様なものだった。なれてくれば、おとなしい性格らしく、同情の気持ちを抱くようになるが。

この地へ移ってきた英国系白人たちは、牛の牧場を作り、利益をあげた。そのための土地の入手にと、住民たちをカンガルーのごとく銃で殺しまわった。若い女だけを残し、性の相手とすることもあった。

日本でいえば、明治維新から日露戦争までのころで、そう古いことではない。ここでも、科学と宗教の凶器性が発揮された。

アボリジニーの起源は不明。四万年つづいて、この地に生存していたという。したがって、自然界にくわしい。白人は、低賃銀での利用を考えた。

しかし、ヘリコプター、荒地用の車、鉄道が普及すると、牧場関係で働ける場もへってきた。

ここの白人たちは、住民を人間以下と見て、殺すか使うかのどちらか。そのため、独自の文化・社会は崩れるのがおそかったらしい。

白人の男と、アボリジニーの女との混血は、ハーフ・カーストと呼ばれる。これも無神経な命名だが、公用語である。美人が多いそうだ。なかには、この混血児たちを助ける人もいて、数もふえた。

白人にとって、混血した者はいくらか身近で、英語が通じ、使いやすい。ひとつの階層が作られる。

固有の文化や社会については、同じ著者の『オーストラリアの原住民』(NHKブックス)にくわしい。興味のあるかたは、そちらも。

本書中で面白いのは、コミュニケーションの手段である。かなりちがった、七十五の言語がある。しかし、手話が普及していて、声なしでほとんど話し合えるのだ。狩猟のため、静かさを保とうとしたのがはじめらしい。

だから、文にすれば簡単なことも、それよりはるか多くを、手話で伝え合っているのだ。

征服が一段落すると、白人の行政に変化が起った。過去の暴虐を反省し、つぐないをしようとする。それは、アボリジニーを甘やかすことになる。生活援助が当然となり、働く意欲を失わせた。

混血のハーフ・カーストも、都会でいい生活をする。英語が話せ、教育も受け、官庁の職につける。純粋のアボリジニーのための支出の担当という役職で、かすりを取りやすい。防止しようにも、事情にうとい白人には、手のつけようがない。

一方、エスキモーと同じく、ライフルや車の普及は、狩猟の形を変えた。テレビ、ビデオが手に入るとなると、文化の失われるのを早める。若い世代がどう変るのか見当もつかないし、特色は失われてゆくだろう。

大陸の中央部に、イヤーズ・ロックという、赤く、小山のような巨大な岩がある。私がそこを見物した時、そばの売店にアボリジニーが入ってきて、なにか買って広野のむこうへ去っていった。

自然のなかでの生活を想像したが、あれは政府から支給された金か。内心までは、知りようがない。しかも、それから年月もたっている。

若者は大人からも政府からも、ちがった意味で「未熟」あつかいされ、といって、なにをしていいのかわからない。

日本でのシンナーのように、ガソリンを吸い、公共物をこわす。反抗のためだ。そうでなければ、無気力きわまる日常をすごす。なんとかすべきだと思うが、どうしたら最良なのか、案を思いつかない。

原住民に対し、神父や牧師で救援活動に熱心な人がいるらしい。しかし、最初の大打撃を与えたのは、キリスト信者たちなのである。なにか、ずれがあるのではないか。

興味のおもむくまま、多くの本を集中的に読み、あれこれ考えさせられたので、正直言って疲れた。

しかし、頭は使ってこそ面白いのだと思う。

追記の形になるが、中米、さらに古い南米の遺跡で、犬に関連したのが発掘されたとの記事を見た。アジアから犬も渡っていったのか。独自に家畜化をやったのか。なぞが残る。

老荘の思想

紀元前四〇〇年ごろ、古代中国に魏《ぎ》という国があった。支配者は恵王《けいおう》。それをたすける宰相が公叔座《こうしゅくざ》。彼をたよって、よその国から鞅《おう》という名の男がやってきた。姓は略す。話は簡単なのがいい。

鞅を使ってみると、すぐに優秀な人物とわかった。しかし、王に推挙する機会がないまま、公は病気になった。恵王が見舞いにやってきて言った。

「早く出勤してもらいたい。しかし、そちに万一のことがあったら、国政の相談相手には、だれが適当だろうか」

「この家にいる鞅という青年は、すぐれている人材と保証します。ぜひ、お使いになって下さい」

「考えておこう」

公は王と二人だけになると、ささやいた。

「もし、採用なさらないのなら、殺してしまって下さい。他国へ行かせては、いけません」

王は、うなずく。そのあと、公は鞅を呼んで、いきさつを話した。

「というわけだ。早いところ、逃げたほうがいいだろう」

「わたしを役につけないのは、あなたの意見を信用しないからです。殺すがいいとの説も無視するでしょう」

ひとつの理屈。やがて公は死ぬが、鞅は殺されなかった。しかし、役にもつけない。西の国の秦《しん》で、支配者の孝公《こうこう》が、人物を求めていると知り、出かけていって自説をのべた。孝公は、ぼんやりと聞いていた。

二回目も同様。三回目になると、いくらか関心を示してくれたが、採用はされなかった。鞅は側近に申し出る。

「もう一回、機会を下さい。最初は皇帝の道をお話ししたが、だめだった。二回目は王者の道についてだが、だめ。三回目は覇者《はしゃ》の道を話したら、興味をお持ちのようだ。これに的をしぼります」

それは実現し、孝公は富国強兵の方法を熱心に聞き、数日もつづいた。そして、その実行をまかされた。

民衆を五戸から十戸ずつまとめて組を作り、この隣保制で治安をよくする。違法者は重罰にし、告発者には賞を与える。けんかは禁止。

農産物や織物など、物品を納める者は国の労役を免除する。功労のない者は、貴族でもぜいたくを許さない。など……。

その法令に先だって、市場の南の大木のそばに、こんな札を立てた。

「この木を市場の北に移した者には、十金を与える」

十金は、黄金三キロ半。だれもやらないので、五十金と書き換えた。ためしにと、やった者があり、その金が与えられた。そこで出した法令なので、信用された。

そのうち、皇太子が法をおかした。ぜいたくをしたのだろう。次代の王を処罰できないので、側近の責任者と教育係を罰した。ますます法は守られるようになった。

新しい都を作り、城壁を作り、国内を県に分けて長を任命。中央集権制を確立した。税制、度量衡を統一。古くて野蛮な風習を改めるよう、指導した。

以前に住んだ魏の国力が落ちたのを見て、攻略を進言。鞅は軍の指揮をまかされた。

魏の司令官は旧友なので、手紙を持たせて話し合いをしようと呼び寄せ、捕虜にした。領土を奪う。恵王は、あの時に殺しておけばと後悔したが、手おくれ。

これらの功により、商という地をたまわり、人は彼を商鞅《しょうおう》と呼ぶようになった。

こう手腕があると、彼をきらう人も出る。親しい友が隠居をすすめたが、その気はない。やがて、主君の孝公が死去。あとをついだのが、さきにあげた皇太子。

鞅が陰謀をたくらんでいると告げる者が出て、逮捕令が出た。逃げようと国境まで行ったが、旅館でことわられた。

「国の法律で、旅行証のない者は、おとめできません」

法を守るようにさせた本人だ。なんとか魏へ入るが、彼はうらまれているし、秦を怒らせては損だ。秦に追い返す。ついにつかまり、反乱者とされ、みせしめのために車裂《くるまざ》きの極刑にされる。

松本雅明《まつもとまさあき》、山口修《やまぐちおさむ》、山崎利男《やまざきとしお》著『世界の歴史3　東洋の古典文明』（現代教養文庫）のなかの、六ページ分の要約である。わりと初めのほうに出てくる。

中国の歴史を読むと、こういった話が延々とくりかえされる。こんなのが試験科目にあったら、たまったものじゃない。読み物としてなら、そこがいいという人もいよう。そりゃあ、ヨーロッパ史だって、戦争は何回もくりかえされた。しかし、そこには進歩というか、変化があり、民族や文化の動きがある。

オーストラリアやシンガポールは、歴史の授業は簡単でいい。日本には戦国時代があったが、徳川時代という長期安定の時期があった。これは、もしかしたら偉大なことかもしれない。

右にあげた本には、神話時代のこともものっている。伏羲《ふっき》という易や文字や牧畜の祖、神農《しんのう》という農業や薬草の祖、黄帝《こうてい》というすぐれた支配者の名ものっている。

神話は科学でないとの意見もあるが、文明史は神話につなげるのがいい。つづいて、暦を作った尭《ぎょう》、道義的な舜《しゅん》、土木の祖の禹《う》などの王の名がつづく。古きよき時代とされているが、なんともいえない。戦いは、やっていたのだろう。

貝塚茂樹《かいづかしげき》責任編集『世界の歴史・古代文明の発見』（中公文庫）のなかに、こんな部分がある。

殷《いん》は、紀元前一五〇〇年ごろに成立した国。その王や貴族の墓を調べると、首を切って殉死させられた兵が、五百人も出てくる。甲骨文字で残る記録によると、外征に動員する兵は、三千から五千が普通だったという。あきれた話だ。

のちの秦の始皇帝《しこうてい》。評判はよろしくないが、その墓地から出たのは、人の形をした土器がいくつも。そう大量の殉死者はなかったようだ。始皇帝の死は紀元前二一〇年だから、かなりあとというわけだが。

さきに書いた鞅《おう》の話は、孔子、老子、荘子など、諸子百家のころのこと。どうやら、またも変なことに手をつけてしまったようだ。読みかけだった本を、いくらか読み終え結論を出し、整理処分するきっかけにするか。

そもそもは、エスキモーと、それ以前に新大陸に渡った種族の起源などが知りたかったのだ。そんな本は、ないようだ。氷河期だった、二万年もの昔のことだ。遺跡のようなものは、残っていない。

氷河期の北アジアは寒かったとの説もあるらしいが、どうかな。草食のマンモスがいたのだから、さほどでもない気がするが。

東洋の古代となると、歴史の本で北京原人が出てくる。科学的かもしれないが、別な次元のことだ。

夏鼐《かだい》という中国人の著で、小南一郎《こみなみいちろう》訳『中国文明の起源』（NHKブックス）は、そういう考古学研究の本である。北京原人は、三十万から四十万年前の話なのだ。東南アジア文化に、ジャワ原人を出すようなもの。

アフリカのアウストラロピテクスとなると、三百万年の昔。分野はちがうのだ。

ユーラシア大陸でも、文明については長い空白がつづくのだ。そして、八千年ほど前にシュメール（いまのアラブ地方）とエジプトに、文明が発生した。歴史家のトインビーは、みずから文明を創造したのは、この二つのみと言っている。

板倉勝正《いたくらかつまさ》、三浦一郎《みうらいちろう》、吉村忠典《よしむらただすけ》の共著『教養人の世界史』（現代教養文庫）の初めにのっている。しかし、この二つは関連しあっているのではないかな。

いまこそ、暑くきびしい地帯だが、当時は交流しやすい自然だったのではなかろうか。火を利用し、レンガや青銅を作り、木を切ったのがよくない。

こういう本は、たくさん買ったからいいとはいえない。江坂輝彌《えさかてるや》、大貫良夫《おおぬきよしお》の共著『世界の歴史1　文明の誕生』（講談社）は、ビジュアル版なので、わかりやすかろうと買ったのだ。

たしかに、写真や図が多い。しかし、なぜかエジプト文明は、まったく無視されている。専門外なのか、うらみでもあるのか、わけのわからない本だ。

そのくせ、南米アンデスの岩絵のカラー写真がのっている。インカ文明の最盛期は、十四世紀のころ。さきほどからの、何年前かの数字を見なおして下さい。

古けりゃロマンという。文学的な感じ方もあるだろう。しかし、氷河期に暖いベーリング海を渡っていった連中、それより古いと思えるオーストラリアの原住民。文明との再会は、悲惨そのものだ。

中国の黄河文明というが、ほかにくらべ、一段と古いものではない。シルクロードが歩きやすければ、ほかの影響を受けている。

貝塚編集『古代文明の発見』(中公文庫)のなかに、殷《いん》代の青銅器のなかに、象や犀《さい》の形を正確に模したものがあるとのこと。これらの動物が来られたか、品物が運ばれてきたかだ。

メソポタミア風の青銅の女人像が、中国北部で発見されたという。殷やそれ以前の遺跡からは、甲骨に記された文字や、占いのあとが大量に出ている。骨は水牛のが多いたのだろうな。

それより、カメの甲羅《こうら》だよ。そんなに大量に、黄河にいたのだろうか。どの本にものっていない。なぞですな。動物分布の研究もなされて欲しい。

年代の間隔を統一して、年表を作ってみるとわかる。シュメールとエジプトの文化が、ずっと早い。漢字をはじめ、初期の中国文化は、完全に独自とはいえないと思う。

べつに、中国文化をけなしているのではない。当時の日本は、縄文土人がぱらぱら住んでいる、さらに後進地域だったのだ。そういえば、後進の文字を見かけなくなったな。

先進、後進の語をはじめて使ったのは、孔子《こうし》である。先進とは、早い時期に弟子となった連中のこと。無名時代の孔子の弟子だから、野人であり、年配である。後進はあとからの弟子で、いい家の出で、若く才能があった。ご参考までに。

このように、思わぬところでも、私たちは、中国文化のおかげをこうむっている。知らん顔は、よろしくない。

モンゴロイドの件はあきらめなくてはならないまま、東洋の古代史の本を何冊か読んでしまった。種族の特色なのか、固有習慣なのか、シャーマニズムは大陸にあっては薄れていったようだ。

そのうち、なんとなく老荘の道まできて、調べてみる気になった。これに魅力を感じる人は多いだろう。私も、知っているようで、意外に不勉強。

そこで、貝塚茂樹著『諸子百家』（岩波新書）を読んだわけだ。孔子が官職についたのが、紀元前五〇一年、秦の始《し》皇帝《こうてい》の即位が、同二四九年。この約二五〇年間が、諸子百家の活躍した時代ということになる。

孔子の時代は、まさに末世で、道徳や法律や秩序など乱れ、君臣や父子の間も、いいかげんだった。なにかが原因で急にそうなったのではなく、古きよき時代など幻想にすぎない。孔子が教えをひろめたあとも、平穏な歴史がつづいたわけではない。

しかし、この時代、各地に多くの国が存在していて、それぞれ国力を充実させようと、才能のある人物を求めるのに熱心だった。最初にあげた鞅《おう》のように、武力になにかをプラスしてくれるものの必要性を感じたのだ。世がひとつの飛躍をしようとする時期。そこで、一種の言論の自由の状態が作られた。人間の市場《いちば》といっていい。

このころ、はるか西のギリシャでは、ソクラテスが生きていた。「自分が無知なことは、ちゃんと知っているよ」と、普通では言えないことを公言し、尊敬されていた。

まあ私も、それ以上に無知だから、わかりやすく話を進めることにしよう。

孔子は仁と義の大切なことを主張した。妥当な社会のルールを示しただけだが、その発言が傾聴されたのは、人格者だったからだろう。

門弟三千人と伝えられるが、正しくは百人ほど。それでも、ひとつの人脈を作ったわけで、当時の乱世になにかの役に立ったことはたしかだ。

その死後に、一派を作って名を残したのが墨子《ぼくし》。形式主義におちいった孔子の儒教を革新した。それまでは低く見られていた手工業者、つまり技術者の重視を主張し、国力充実の案を立てた。

貴族社会の身分制の批判もした。

「他人の意見に反対するからには、それに代る意見を出すべきだ」

権威にたよるなで、いいことを言うね。合理主義者だ。また、こうも論じている。

「戦争に功のあった人たちは、たたえられる。しかし、ひとりを殺すと死刑になる」

チャップリンよりはるか昔に、先輩がいるのだ。平和論者でもあった。戦争はむだである。外交での友好、小国の援助のほうが有益と、いいことを言っている。

「立派な説だが、現実にはね」

との反論もあった。しかし、墨子は凧《たこ》の軍事利用をはじめ、国防を向上させてもいる。

傑出した人物だが、やがて神がかってくる。中国では珍しい宗教集団の祖だが、シャーマン的とはちがう感じだ。

法治主義の韓非子《かんぴし》の説。

「口先だけでは、役に立たない。まず、相手の君主の好みを察知し、その心をつかむのが第一だ」

まるで、入社試験だ。この人は本のなかで「白馬は馬にあらず」と、妙な理屈をこね、人の気をひいている。現代風の小話にすれば、こんなぐあいか。

四人の哲学者が、飛行機で上空からアラスカ見物をやった。その会話。

「や、この地方のクマは白いぞ」

「正しくは、少なくとも一匹の白クマがいると言うべきだ」

「いやいや、ここの少なくとも一匹のクマは、上半分が白いと言うべきだ」

「まだ不正確。この地方では少なくとも一匹のクマの上半分を、白くぬる人がいるとしていい」

面白くなければ、名論もないと同様か。

孫子《そんし》は、軍略家として名を残している。優秀な司令官の方法を学び、本を書いた。戦う以前に、徹底的な調査をやるよう論じている。心理作戦をも重視している。

「百戦百勝がいいとはいえない。戦わずして圧倒するほうが、はるかにまさる」

のちに日本の、徳川家康に影響を与えた言葉である。

よく考えると、百家の出現は各国が対立していたからこそである。敵に回られるとやっかいであっても、鞅のように、さほどの才能と恐れられなかったからだろう。

諸子百家もほどほどにし、さて、いよいよ老子の登場。

久松真一《ひさまつしんいち》著『東洋的無』（講談社学術文庫）を買ってみた。題名がいいね。戦前に書かれたもので、哲学の教授。その分野では、有名な人らしい。

東洋の優位を主張するつもりはないが、無は西洋にはない特徴的なものだとはじまる。しかし、いいのは序文だけで、すぐにむずかしくなる。

「Aは非BであることでAであり、Bは非Aであることで……」

頭がおかしくなる。早く生れ、戦前に哲学をやってたら、病気になってたろう。こんなのが大学者なら、青白いのが自殺したくなるのもわかるな。

わかりやすく他人に説明できる人こそ、すぐれた教育者だ。孔子は「義を見てせざるは勇なきなり」と、明快に話している。なんだ、こいつは。アルアルカ、ナイアルカ、アルアルヨと、くりかえしているだけ。頭が悪いのかと、いやな気分になる。

この学者先生の本にうんざりし、やさしそうな本に移った。まず、金谷治《かなやおさむ》著『老荘を読む』（朝日カルチャーブックス・大阪書籍）に目を通した。

これは大阪の朝日カルチャーセンターで、大衆むけに講義をしたのを活字の本にした。

また、書庫をさがしたら、奥平卓《おくだいらたかし》ほか訳『中国の思想・老子、列子』（徳間書店）という本があった。これは全十二巻のシリーズの一冊で、わりと読みやすい。それらにより、老子を大まかに説明する。

孔子による儒家思想は、表街道《おもてかいどう》で、建前で、理想で、看板である。それに対し、老荘思想は、本音で、人間的である。

ということは、儒があって、そのあと老荘が出てきたのか、本能主義がのさばったので儒が出現したかとなる。常識的に考えれば、混乱があって、儒学による整理がなされた。その堅苦しさにバランスをとるべく、老子が出現した。

バランスがとれるということは、共通部分があるからだ。諸子百家というと、奇説続出と思う人もいようが、民族や時代は同じ。神といった考え方は、だれも出してはいない。また、危険思想らしさがない。陰謀や主君殺しの横行の時代に、出るわけもない。体系を作ろうともしない。だから、どれも人生訓といった印象。派がちがっても、表から見るのと、裏からとの差といったものも多い。

で、この老子だが、実在を疑問視する説もある。しかし、文章に統一があるそうで、教養ある人が書いたのは、たしかなようだ。

中国では老子に人気があり、実像そのものか、それ以上のシンボルとなっている。日本では、さほどでもないようだ。その理由を考えると面白いだろうが。

老子を孔子と同時代の人とする本もある。二人は会っているとの話もあるが、根拠はない。まことに大胆な仮説だが、諸子百家の時代の終わりのころ、あるいはそのあと、各人の説を研究し、中国人の好みに合せ、一種の才人が書き上げたのではないだろうか。なんのためにか。人間には、後世になにかを残したいとの欲求があるのだ。なかなか、うまくいかないがね。

というわけで、老荘というが、私は荘子のほうが先だと思う。野末陳平《のずえちんぺい》監修、蔡志忠《さいしちゅう》作画『マンガ・老荘の思想』（講談社）を読んだ。台湾《たいわん》在住の人の劇画で、漢字圏でかなり売れた。その日本訳だ。

学者がタコツボ宇宙的な本を出すから、こういうマンガの本が売れるのだ。貝塚茂樹先生は『毛沢東伝』という本も出している。東洋史を調べれば、覇者《はしゃ》はやがて倒れるのがわかっていていいのに。

学者でない事業家、スポーツ選手、政治家などが、自分なりの老荘観を語ってくれればいいのだが。日本では、老荘と大衆のあいだに、学者が立ちふさがっている。

まず、荘子。原作に、わりと忠実である。その時代、口伝えにひろまった話なのだ。そう、こみいっているわけがない。

でかいヒョウタンを収穫した男がいた。

「大きいが、皮が薄く、水を入れるとこわれる。割っても、皿の代用にもならない」

「そう考えるから、いかんのだ。網をかぶせて、水に浮かせてみろ。乗って楽しく遊べるぞ」

別な話。

大木があったが、コブだらけで材木にならない。燃料にもならない。しかし、そのために切られることなく、人びとのために緑陰を提供し、役立っている。

別な話。

琴の名人が、演奏をやめてしまった。ひとつの音を出すのは、ほかの音を消すことだ。彫刻も、多くの部分を失うことで、作品となる。人工とは、自然へさからうことだ。

別な話。

大盗賊の主張。金のありそうな家を見つける才が聖。侵入が勇。部下を逃がすのが義。危い時にやめるのが智。分配の公平なのが仁。徳目は、どこにもあるのだ。

別な話。

「魚が楽しそうに泳いでいるな」

「魚でもないのに、なぜわかる」

「ぼくでもないのに、ぼくの気分がわかるのかい」

別な話。

夢に亀が現れ、川の神の使いなのだが、つかまったと言う。その場所へ行くと、白い大きな亀がいた。どうしたものか。その亀を殺して、甲羅《こうら》で占ってみた。その占いは、七十二回、ことごとく的中。

そのほか、長い生命と短い生命。高く飛ぶ鳥と、そうでない鳥。基準というものは、きめようがない。荘子の言わんとするのは、儒教的な世界は「生命のない秩序」で、自分のは「生命のある無秩序」にある。

そして、老子だ。荘子の延長上にあり、より深く、集大成的である。ここがあとから書かれたと考える理由。ストーリー性がない。マンガにしにくい。

歯は舌より堅いが、老人になっても舌は存在している。大木は強いが、台風で倒れ、草はなんともない。物には、さまざまな見方がある。

「大道廃《すた》れて仁義あり」

人びとを統治しようとしたため、悪が生れ、徳目を必要とするようになった。

「一知半解」

不知を知れば上。自分はほとんどを知らないと自覚が大切。孔子の論語にも「知らざるを知らずとなす。これ知るなり」とある。ソクラテスも、やはり同じことを言っている。

学者たちの欠点は、そう言えないことにある。

「国を治めるには」

大きな国の政治は、小さな魚を煮るのと同じである。何度もひっくり返し、手を加えすぎると、形がくずれてしまう。

ここで私は、物理の場の考えを導入し、独断的に話を進める。以前にも書いたが、ほかの人の説明がわかりにくいので、ここでも書く。

老子は「無」が原点という。私の解釈では、それは空間である。宇宙の虚無とおなじく、なんにもない。しかし、それは現実に存在しない。

で「道」というものが、つぎにくる。これが場なのだ。重力、磁場など、なにかの力が作用している。陰陽論に老子はあまり触れてないが、電気のプラス・マイナスが働くこともある。空間になにかが作用する。

そして「名」が出現する。つまり、現象や形である。それらが複雑に組み合わさって、万物や自然が存在し、変化する。

老子は「気」という言葉をよく使う。これは生物を存在させる力のことだろう。科学的に未解明だが、なにかあるらしい。インドでプラーナとは呼吸のことで、生命という意味でもある。

同じころのギリシャの哲学者デモクリトスは、物質を構成する最小単位、原子の存在を仮定した。老子は一挙にアインシュタインまで飛躍させ、エネルギーとも共通するものとした。

ほめすぎ、ですな。

しかし、老子は「上善は水のごとし」と言っている。水は万人を育て、養う。水は柔かく弱く、自然に従う。水は人のいやがる、低い所を流れる。人の下に甘んじ、なにも語らず、争わず、万物を映す。

よほど、水が好きだったらしい。寒ければ氷となり、暑い日には容器のなかの水がどこかへ消える。目に見えないなにかが、物を変化させる。

そこに気づいたはずだ。しかし、科学的な思考のない時代。雨も水、井戸からも水が得られる、川は洪水も起す。関連させようがない。道としか言えなかった。

無になにかが作用し、また無に戻る。「玄のまた玄、衆妙の門」の文も有名だ。ブラックホールとしては、ひいきの引き倒しになる。無と有を往復する、出入口が門なのである。ユニークな発想だ。

老子は「学を絶《た》てば憂いなし」と書いている。このような意見は、荘子も言っている。学ぶなというのではない。既成の思考にこだわるなとの注意なのだ。価値観や思考を自由にすれば、新しい発見がある。ゆきづまらない。

老荘というと、無為とかを尊び、怠ける口実のように受けとめる人もいよう。しかし、むだな努力の排除のことで、それには非凡な視点を持たなければならない。頭を使うことは、大きなエネルギーを必要とする。

話はそれるが、いや、今回はここが重要なのかもしれないが、人間、いつかは死ぬ。私の世代など、働きすぎのせいか、友人が死んでゆく。クラス会の人数のへるのは、さびしいものだ。

いざ自分の番となったら、じたばたするだろうな。死生観を持っていれば、いくらかの役に立つだろう。しかし、あいにくと私は神を信じていないし、天国もあると思っていない。天国って、どんなとこだ。テレビもねえ、ラジオもねえ、推理小説あるわけねえ。酒もゲームもないんだろうな。

いったい、どうなるのか。老荘の思想に関心を持ったのは、そのへんにあるかもしれない。死と生は連続していて、死は無に移動することだ。存在前に戻るのである。

若いころ、死に暗黒のイメージを持ち、大きな恐怖だった。しかし、無となると、ちがったものだ。それに、ここまで生きてくると、ことは別だ。荘子のなかに、頭《ず》ガイコツと話すのがある。

「どうだ、冥土《めいど》の役人にたのんで、生きかえらせてやろうか」

「とんでもない。無の世界にいれば、わずらわしさがない。いやなことの多い人の世に、戻りたくないね」

テレビもねえとの発想がいけないのだ。学習塾も入試もない。落第、就職、失恋、結婚、倦怠期《けんたいき》、どら息子、いやな上司、病気。そんなものが消えると思うのがいい。まさに、視点の転換である。

諸子百家は、だれも死を語らない。孔子も、死を語るのは無意味と避けている。論じても、現実の役に立たないからだろう。

そこへ老子は、無という思考を持ち込んだ。ひとつの救いを、人は感じたのではないか。「死して亡《ほろ》びざる者は、寿《いのちなが》し」と言っている。さまざまな解釈があるが、なすべきことをしたという気分ではなかろうか。

それは、他人の判断によるものではない。功なり名とげた人でも、後悔の残る人もいるだろう。なにか新しいことを考え、自分なりの個性を持てば、充実した人生といっていいだろう。

この文で終る章は、予想外な言葉がちりばめられている。一部を引用。

「……自ら知る者は明。人に勝つ者は力あり、自ら勝つは強。……強を行う者は志あり。その所を失わざるは久し……」

勇壮な印象を受ける。行動は無為でも、精神活動は激しいのだ。それをふまえていれば、無に進行できる。

あの世は、無なのです。

変な外国に生れ変るより、無の世界に帰るほうを望む。なんらかの力が働いて、また、この世に出てくるかもしれない。そこまで考えたら、きりがない。そいつは、私とは別人なのだ。

新宗教に仕上げようと思うが、まだ若いのに病気や事故で死ぬ人に、この説を話す気にはならない。これは私のための宗教だ。

仏教はシャカにはじまる。孔子の死後、荘子の出生。そのあいだの人物である。仏教のなかで空《くう》を論じた部分がある。欲望を消すことで、より高度な心に到達しようというものらしい。

中国へ入って老荘の思想と結びつけた一派もあったが、やがて消え、日本に渡ってからは文学的になって、はかなさの美となる。

老荘を学ぶ者を道家と称する。一種の宗教である道教とは、本質はちがうのだが、老荘がうまくとりこまれている。

かなり古くから、原始的な風習として、葬祭などがあっただろう。しかし、できうれば死は避けたい。中国的というか、体系化をめざさず、現実的な作業となる。

秦の始皇帝は、紀元前二二一年に全国を統一。賛否は別として、偉大な政治家である。天に近いとされる泰山《たいざん》に登って天に祈り、不老長生の薬を求めて、東の海の蓬莱山《ほうらいさん》の島で、仙人からそれをもらおうと、船団を出した。

道教が歴史の舞台で光をあびたのは、これが最初ではないか。始皇帝にそうさせるほど、ひろまっていたのだ。

それを進言したのは、儒者たちだった。薬の入手に失敗したので、弁明に「封建制こそ孔子の道なのに、皇帝は中央集権制にした」などと言った。みせしめのため、何人もの儒者を生き埋めにした。

道教のありがたみを高めなければならない。そのために、老子の神格化や、つじつま合わせなどがなされた。

抱朴子《ほうぼくし》という人が出て、同名の本を書いた。中国古典文学大系のうち『抱朴子、列仙伝、山海経《せんがいきょう》』（平凡社）という、どえらい本が出ている。採算がとれたのかな。

老子の本から出発し、仙人の実在を論じ、不老の仙人になるための秘法が、いろいろと書かれている。はばが広く、儒家の立場をも取り込んでいる。

老子を中国の伝説上の人物、黄帝と同一化させてしまうのである。現実主義の国民性に合い大衆に受ける。道という、あいまいな感じのものを、神の働きのようにしてしまう。

そして、唐の時代になると、王室の応援を受け、興隆する。「老」とは、そもそも神秘力や魔力を持った「偉大な存在」で、「子」は有徳の人への尊称。

ますます、ふしぎな人物だ。大衆の好みを察知し、魅力的な書を残した。中国という場に、自然と出現したようだ。私欲や売名のためでないのだから、まさに珍しい人物。

道教は中国そのものと同じく、とくに変化することなく、盛んになったり衰えたりをくりかえす。ジンギスカンが支配者としてやってきた時、道教の代表が面会して話した。

「長生きの薬はむりです。衛生上の意見なら、いくらでもお教えします」

始皇帝の場合の悲劇は、もうたくさんと思ってだろう。かえって、気に入られた。これは、ジンギスカンが宗教というものに、寛大だったからだろう。

道教は、死の解決にも、魂の救済にも、さして役立っていない。功績というべきものは、東洋医学だろう。多くの薬草は、神農《しんのう》や黄帝《こうてい》がはじめたことになっている。

私の亡父が製薬会社をやっていた時、神農のブロンズ像を作り、各地の薬店にくばったことがあった。それを発見し、コピーを作って持っている。

だから、神農の名は、昔から知っている。のちに、どんな人物か知ろうとし、神話の人と知った。東洋医学の本には、神農や黄帝の名がよく出てくるが、道教の学者たちが、ありがたそうに思わせるためにそうしたらしい。

漢方薬の効果について、断定するのは早い。病気の部分を治療するのではなく、人体をまとめて扱うというのは、ひとつの見方だ。薬草から成分が抽出され、西洋医学的に証明されたものもある。

中華料理は高熱を使う。ビタミンCがこわれると思うが、お茶でそれを補給しているわけだ。すごいと思うが、いいかげんな精力剤も多いのではないだろうか。

ハリ灸《きゅう》も魅力的。経絡というものや、ツボなどは存在するのだが、説明はなにもない。いちおうの効果はあるのだ。インド起源という説もあるが、そこでは消えてしまった。

四柱推命という有名な占いがあるが、これはバビロニア起源との説がある。占星術と共通点があるとすれば、そうかもしれない。

道教は宗教として、そう高度なものではないだろう。しかし、なにか気になり、中国人は漢方薬を飲んでいる。日本の神道も、国際的に成長しそうにない。しかし、初もうでのあの人出は、ただごとでない。

シルクロードの砂漠化によって、交流がしにくくなった。そのため、各地区にそれぞれの風習が確立した。そこが面白いのではないか。全世界が混血して単一民族となり、単一の宗教を持ち、単一の法制。SF的だが、つまらないだろうな。

こう書いてきたが、すべてわかるわけがない。しかし、時と文化について、なにか実感させられた。また、勉強させられてしまった。

それで資格をとる気も、名を売ろうという気もない。それこそ真の姿であると、老子は言ってくれるのではないかな。

発想法、あれこれ

出版物のなかに、発想法とか、アイデア関連の分野がある。かつて、ふと買ったりしたことがある。それが役に立ったかというと、あまり心当りがない。この際、手をつけてみるか。

「今後は創造力の時代だ」

そんな気分になっている人も、多いのだろうな。前からあるのに、何冊か買いたして、まとめて読んでみた。

本来なら、整理や分析をし、系統だった論を書くべきだろうが、とてもじゃないが、それは不可能だ。まさに各人各説なのだから。

これから発想法を身につけ、アイデアのある短編を書きはじめようというのなら、話はべつだ。すでにやってしまったあとなのだ。ほかの人の、考え方を知りたい興味からである。ほぼ読んだ順に並べてみる。

『アイデアのつくり方』

ジェームス・ヤング著　今井《いまい》茂雄《しげお》訳　竹内均《たけうちひとし》解説　TBSブリタニカ

ハードカバーではあるが、薄いし、活字は大きいし、ページの下部に注のための空白もある。キャッチ・フレーズ通り、まさに60分かからずに読めてしまう。

著者は一八八六年生れ。明治十九年だ。少年期に働き、宗教雑誌のセールス、広告会社のコピーライター、のちにその社の副社長となる。

インディアンの民芸品の販売。フォード財団のマスコミ・コンサルタント。広告審議会の設立者。一九七三年に死去。この分野の先駆者にして、大成功者なんだろうな。

原文は一九四〇年のもの。なぜ今これをとの疑問が残る。竹内氏の解説も長く、このほうがむずかしく、しゃれた外見で、ふしぎな本である。

広告会社の社長の序文もあり、これが売れたとなると、まさにアイデアの見本である。

しかし、内容そのものがつまらぬわけではない。古典と思えばいい。

人間には、二つのタイプがある。ひとつはランチェ。フランス語で金利生活者のことだが、英語では株の保有者という意味。もう一種は、スペキュラティブ、つまり投機的な人である。

かつて、SFとはスペキュラティブ・フィクションだとの説がはやった。思索的というか、現状と異るものを頭に描くことでもある。ものものしいが、英語では普通の、言葉のしゃれだろう。

しかし、アイデアは変革の意欲なしに発生してくるものではない。これなくしては、天からのひらめきだって、よけて通る。

そのあとに「知識の断片など、なんの役にも立たない」とある。これには驚かされたし、代金を払った価値はあった。

アシモフは『空想天文学入門』のなかで、SF作家は発想をどこから得ているかについて答えている。

「知識の断片を多く持ち、それを巧みに組合せること」

もっともな気がし、それを引用したこともある。しかし、実際に小説を作ってみて、しっくりしない感じは残った。

「雑学の大家《たいか》がいたとする。そういう人に、ユニークな論が出せるだろうか」

そう聞かれたら、首を振るね。便利に思われ、少しは尊敬され、あるいはギャグの連発も可能だろうが、それ以上ではない。

「日本では昔、無官の者は御所《ごしょ》に出入りが許されなかったので、壁ぬりの職人に、臨時に左官《さかん》の職名を与えた」

断片的な知識の見本で、それだけのこと。

「では、屋根の修理、傾いた柱、井戸掘りはどうだったのだ」

たぶん、答えられまい。古代の御所の内部体制を知っていて、はじめて知識の断片といえるのだ。未来社会での、なにかの組織とも組合せて、ストーリーが作れる。

アシモフは、ダーウィンの着想の例をとりあげているのだ。ビーグル号での世界の航海で、生物の種族が変化するらしいと考えた。しかし、説明がつけられない。

その時、マルサスの「人口論」を読み、それと関連させた。自然淘汰《とうた》、適者生存による「種の起源」つまり進化論が、まとまったわけだ。

正しくは、断片でなく、一連の知識を多く知っているということだ。この本では「既存の要素を組合せる」とある。ぽつんとした豆知識では、組合せにくい。

著者の体験らしいが、ある社の石鹸《せっけん》と、皮膚や毛髪との関係の研究をしてみた。期待しなかったが、厚い本の一冊分のデータを得た。広告の文の五年間分の資料になり、その五年で売上げを十倍にした。こうなると、まさに断片ではない。

また、まず資料の消化が大切と主張している。自己の完全な支配下になければ、別の分野につなげようにも、関連させる可能性を見すごしてしまう。

しかし、有害かもしれない石鹸を、広告の力だけで売っていたとは、ぞっとするね。この良心的な態度は、見のがしてはいけない。

この作者は、アイデアを書きとめる定形のカードの利用をすすめている。しかし、私は体験上、どうかなと思う。メモはすべきだが、定形がいいのかどうか。定形だと、つい重ねてしまうだろう。

名刺なら、各種の分類整理ができる。しかし、アイデアのメモに法則性はないのだ。新聞記事のすべてをインプットしたコンピューターがあったとする。それが新しい歴史観を出してくれるか。株価予測をしてくれるか。まあ、むりではないか。

賛成するのは、仕上げる努力を強調している点である。いかにすぐれていても、多くの人たちに容易に理解されるものでなければ、ありがたみもない。

それが、むずかしいのだ。この著者も、広告業界の長い仕事で、それを第一と信じるに至った。本物のアイデアなら、やさしい表現にしても、価値は下らない。メッキが通用しにくい世界なのだ。

この昔の本が、いま出版されたのは、原点に戻れということか。こねまわすと、わかりにくくなる。真理はつねに新しい。

しかし、この一冊で発想の名人になれるかというと、なんともいえない。

『創造性』

茅野健《かやのたけし》著　三笠書房（文庫）

最初の部分の興味ある指摘。過去のある時期に、世界での磁力関係の特許を調べてみた。すると、すぐれた研究では、日本の割合がかなり多い。

しかし、それらにつながる追加特許となると、外国が多くなる。つまり、日本は原理的な研究はするが、その活用が苦手だったとなる。意外なことだが、現在はちがってきているのだろう。

以前にある電気メーカーで、トースターの改良の意見を集めた。初老の用務員が、こう言った。

「ネズミとりを、つけるといい」

「妙な話だが、どういうことだ」

「妻の話だと、トースターのある場所に、ネズミが出やすい」

調べてみると、パンくずがこぼれやすいのだ。そこで、こぼれ防止、内部の掃除の簡単な新製品を作り、好評だった。

著者は「ほかの世界への強い関心を持て」と書いている。私はそれを好奇心と呼ぶが、同じことである。

また、切迫感を持てともある。私の場合、締切りがなかったら、作品数は一割以下だったろう。ひまが出来たら考えようでは、ユニークな話など作れない。背水の陣なんて、古めかしい語も出てくる。自己を追い込むのである。それは、たしかに必要条件だ。その手法の説明のないのが残念。種類が多すぎるせいもあるが。

事実をいじり回す、各方面から見なおすとあるのは、前にあげた本の、資料の消化に当るのだろうな。

ユーモアも大切とある。この本には、その具体的な例がない。読み物では、そこが大事なのだが。いいことを言っていても、迫力が不足してしまう。

アインシュタインの言葉の紹介は、興味ぶかい。

「相対論は言葉によって考えたのではない。思考の時に〝方向〟というべきものが重要な因子になっている。言語は、それをまとめる段階で使う」

作家のカフカは、小さな人物の絵をたくさん描き、それを小説にしていったらしい。音楽家や画家も、言語で考えたわけではない。ひとつの盲点だった。

終りの方で、著者の体験が出てくる。ある学会で、ひとつの問題を担当させられる。本を読みつづけ、考えつづける。ある夕方に、駅の階段で足をすべらせ、黄色い光を感じ、そばのラーメン屋に入り、ナプキンにメモをとった。いくらでも書ける。帰宅してノートにまとめ、その件の第一人者となった。どんな問題を、どう考え抜いたかが書いてないので、ものたりない。

著者は明治四十三年生れ。東大工学部卒。各種の分野で活躍し、デミング賞を受けている。本書は、昭和四十八年に出版したもの。

序文には「創造力の本はあるが、難解や神秘的すぎるのが多い」とある。本書のように、文章は読みやすいが、具体的な例の少ないのもいささか困る。勘の問題になると、抽象的になり、閃悟《せんご》なんて熟語を使い、結末は神秘的になってしまってもいる。そこが最も書きにくいので、むりもないといえるけど。

『眠れる心を一蹴り』

ロジャー・フォン・イーク著　浅沼昭子《あさぬまあきこ》訳　新潮社

平凡な人の言い訳は、きまっている。

「そんなのは重要でない」

「ひまがない」

「答はわかっている」

「私には創造性がない」

そういえば、多いですな。あるいは、マスコミが大衆への迎合のつもりで、そのレベルを動かさないのか。新聞の投書欄に、ユニークな提案ののったのを読んだことがない。

かくして、平凡人が多数派となる。こういう時代こそ、アイデアを出しやすく、いい気分になれるのかもしれない。

この本では探検家、芸術家、判事、戦士の才能を伸ばすことで、創造の力を高めようと言っている。

多様な情報でパターンを形成するのに、万華鏡《まんげきょう》を例にとっている。三枚の鏡で作った筒に、色ガラスのかけらをたくさん入れたものだ。のぞくと美しいし、思考の動きにも似て、引用する人も多い。

鏡を五枚にしたらとか、巾《はば》を変えたらと思うが、あまり美しくないのだろうか。まだ試みてないのだから、私にも怠惰な一面があるようだ。

万華鏡をのぞき、芸術家の心をめざめさせる。つぎは探検家の心。

「山野を歩くと、理解しがたいことがある。貝殻もようの石が、山の上にある。稲妻と雷鳴が、同時でないことがある。鳥はなぜ、空中にとどまれるのか」

現在では愚問だろうが、ルネッサンス時代のレオナルド・ダ・ビンチの言葉である。

「すべての答を知るよりも、いくつかの質問を知りたい」

アメリカのユーモア作家、ジェイムズ・サーバーの言葉である。好奇心を持てだ。

「ある探検家は、荒物屋で歴史を知り、空港で流行を知る」――

ジャーナリストでコメディアンの、ウィーダーの言葉。博物館や婦人服店と限定しないのが重要なのだ。

第二次大戦で使われた、解読不能とされたアメリカ軍の暗号は、ナバホ・インディアンの言語を応用したもの。

一九八六年に書かれただけに、持ち出し方もうまい。妙なクイズも出すし、名言の引用も多い。この種の多くの本を読み、その欠点を知った上で書いているのだ。

あるいは、自分の名がさほど知られていないので、面白さでサービスしようとしているのかもしれない。これで有名になれるのだ。

読者も、そのへんに気づけば、一段と頭がよくなる。有名人であることと、面白い文を書くのとは、別な世界のことなのだ。

多くの本で触れているが、アイデアは多いほどいい。プロのカメラマンがむやみとシャッターを切るが、満足できるのは数枚にすぎない。この件には補足がいるが、べつな本の時に書くことにする。

ベルは補聴器を作ろうとして、電話を完成させてしまった。フライドチキンの製造法を、サンダース大佐はレストランに売り込めなかった。電話の電波障害を調べるために、新しいアンテナを作った物理学者のヤンスキーは、電波天文学をひらいた。

このあたりの書き方がむずかしい。読者に、とても手がとどかないと感じさせてはならない。なにか深く試みれば、そう大変なことではないのだ。

水泳選手の記録が高まったのは、軽量な水中眼鏡の開発のおかげ。塩素殺菌の水中では、目を痛め、練習時間に限界があるのだ。かつて日本が強かったのは、川で泳いだためかもしれない。

フランスはドイツとの国境に、防衛陣のマジノ線を作った。しかし、第二次大戦となると、ヒトラーはオランダ、ベルギーを回って進攻に成功した。

あまり引用しては、本の売行きが減る心配があるかな。しかし、ほんの一部ですから、興味の湧《わ》いたかたは、現物で。

こういう本を読んでいると、日米の文化の差を考えてしまう。将来はどうなのか、まさに、頭のなかで仮定が飛びかう。これは、急に結論を出せそうにない。

ある建物がいくつか作られた。建築家は、あいだに芝を植えさせた。やがて、人びとの足あとが残り、カーブのついた道ができた。そこを舗装《ほそう》したら、利用しやすいものとなった。一九八一年に出版された本からの引用とあるが、ずっと前に読んだ気がする。

日本に適合した発想法の育て方にも、このような方法はとれないものか。新聞は冒険をしたがらないし、新しい雑誌が出ても、すぐ型にはまってしまう。むずかしいな。

アメリカ人は、白に対して純潔、美しさ、正義などを連想する。赤に対しては、危険、血、火、共産主義を連想する。

しかし、ロシア人は、白から雪、シベリア、流刑を連想してきらい、赤で春に咲くヒナゲシの花を思う。赤の広場の赤は、美しいの意味だそうだ。新知識だが、白ロシアとの地名はどうなのだ。そこですよ。日本の日の丸はどうなのだ。その気になれば、だれでも話に加われるのだ。そこですよ。

「金持ちになりたいかと聞くと、ほとんどの人がうなずく。しかし、成功のために人の何倍かの努力をしたいかと聞いたら、ほとんどが首をふるだろう」

投資家のロックの言葉。うまいことを言うなあ。

「売れなければ、独創的とはいえない」

ある広告代理店の標語。

この本は、変った絵も多く、とにかく面白い。読んで役に立つかは、その人による。しかし、利口になったような気分にはさせてくれる。

アメリカで、ベストセラーになった。それを含めて、独創の見本のようなものだ。そこが、にくいね。

『発想法』
渡部昇一《わたなべしょういち》著　講談社現代新書
この著者についてはよく知らないのだが、雑誌などの文は面白く、感心させられる内容だ。だから、この本を買ってしまった。
上智大学を出て、独英に留学。上智大の教授で、米国などでの講演も多い。私と共通点のない経歴だね。

著者の主張の第一は、その時々の状況に対応できる能力の重要さである。智謀《ちぼう》に富んだという、少し古い形容があるが、英語では同じ意味とのこと。リソースフル。

日米が戦った時の、アメリカの日本評。

「ジャップは、いつも同じやり方を繰《く》り返す」

斬《き》り込みに成功すると、そればかりやる。特攻も同じ。現地では新しい作戦を考えるのだが、参謀本部の連中の頭はかたまっていて、無視する。

ビルマ戦線では大敗するが、中央の本部を気にせずに指揮をした宮崎《みやざき》少将の隊は、戦果をあげ、損害も少なかった。

日本製の武器を捨て、イギリス製のを使った。そのため、占拠した倉庫いっぱいの弾薬が利用できた。よく、あの時代にそんな思考ができたものだ。

山本七平《やまもとしちへい》氏の文も引用されている。戦争というと、いまのマスコミはすぐ「戦陣訓」にしばられてというが、兵士はだれも知らなかったのが現実だった。

私だって、教練で聞いたことがない。軍人勅諭は明治天皇の名によるものだが、戦陣訓は、昭和十六年に東条《とうじょう》陸軍大臣の出したものだ。そんなものが、すぐに徹底するわけがない。百科事典にだって、出ていない。

戦争について、戦陣訓を利用すると解説しやすいので、繰り返して使う。ジャップ的な性格は、いまも各所に残っている。

型にはまるのを避けるには、自分用の井戸を、たくさん掘っておくべきだとなる。一本だけだと、使いすぎると水がへるし、変化のつけようもない。

明治時代、逍遥《しょうよう》と鷗外《おうがい》の論争があった。逍遥はシェークスピア専門なのに、鷗外は英独の二ヵ国語ができ、有利な立場だった。引用できる井戸が多かったのだ。

私小説作家は、井戸が一本なので、寡作で窮乏するか、うすめての繰り返しになる。作者名をあげているが、文芸批評ではとても書けない文だろう。井戸の多いのは松本清張《まつもとせいちょう》で、なるほど扱う分野は広い。

漱石《そうせき》は英語と漢学。谷崎《たにざき》は英語と、江戸っ子なのに関西の生活体験。乱歩《らんぽ》は幻影の国の人だが、谷崎と同じくプラトンの思想の影響があるという。

乱歩と谷崎の共通点は感じていたが、プラトンとはね。この世界は仮のもので、そのかなたに真と美の世界があるという思想。そういわれれば、なるほどだ。

犯罪事件への感想を求められた乱歩さん。

「ただ痛ましい現実の苦悩と思うだけ。発生した犯罪には、興味がない」

推理小説の本質である。

といった論が展開され、思わず一冊を読み終えてしまう。発想の技術というより、新しい視点をわからせてくれる。はばの広い教養が大切となる。

著者は山形県の生れ。こみいった問題を、東北弁で表現しようとする。祖母や母を相手に話すつもりで。わかりやすく、しゃべらざるをえない。この著者の、表現技術の秘密に触れた思い。

私など、清水幾太郎《しみずいくたろう》という学者は、うさんくさい人物と思うが、根拠はなにもないのだ。著者の渡部氏は、日本では近代でまれな人と絶賛している。ドイツ語からはじまり、語学の才能が抜群で、失敗はすぐ訂正する。日本的な欠点がないというわけか。

清水氏の本を読んでみたくなるが、入手可能なのかな。

『知的創造のヒント』

外山滋比古《とやましげひこ》著　講談社現代新書

前の本と、いっしょに買った。この著者も、わかりやすい文を書く人だ。

知識を記憶し、いつでも出せる人は、頭での消化力ゼロという出だしなど、感心させられる。断片としての知識は、大切でないのだ。消化してあったら、こなれた形で、必要に応じて出てきてくれる。

学校での期末テストの丸暗記がいい例だ。すんだとたん、すぐに忘れてしまう。前後と関連させておけば、ずっとおぼえている。なぜか、この種の本には、消化という語が出てきやすい。

アメリカには「リーダーズ・ダイジェスト」という、雑誌記事の要約の雑誌がある。ダイジェストには要約のほか、消化の意味もある。

忘れることの効用も、逆説として面白い。消化した知識の不要な部分は、排泄《はいせつ》しておいたほうがいいのだ。

著者は一九二三年生れ。この本の出た昭和五十二年には、お茶の水女子大学教授。かくれたロングセラーのようだ。

この本は、論文作成の手引きに適当らしい。その能力は、応用もきくし、人生に役立つ。うまいたとえが書かれている。

バーテンが洋酒の組合せで、新しいカクテルを作った。ひとつの業績である。しかし、そのもとの酒を作れるかとなると、問題は変ってくる。こういう思考をする習慣がつけば、ひと飛躍である。

多くの芸術家、科学者、詩人、発明家たちの悩んだ例があげてある。即決しようとせず、しばらく寝かせておき、気楽な気分でいると、解決が発酵してくる。

まさにそうなのだが、本当はもう少しくわしい説明が欲しいところ。人間には、安易につきたがるのが多いのだ。あきらめるなとか、捨てるのは損とか。

特筆しているわけではないが、学会のシンポジウムのつまらなさを指摘している。たしかに、そうだ。テレビ討論も同様。理由はあげてないが。

私の意見だが、シンポジウムはお客さまたちへのショーであることを、忘れているからだ。リハーサルなしでは、司会者も手におえない。企画の安易さの例だ。

後半の大部分は、論文についての話。いまの私には無縁なので省略する。卒業論文なしの大学がふえているが、それは論文づくりを教えられない教授がふえているからだぞうだ。ひどい傾向だな。それはつまり、論文の採点もできないわけだ。

アメリカには Publish or Perish という言葉があるという。「論文か失格か」だ。国際競争の時代なのに。ただでさえ「日本人は自説を言わない」とされている。言わないのは、なしとされても、仕方ないのだ。

『発明入門』川口寅之輔《かわぐちとらのすけ》著　ブルーバックス

著者は東北大学金属工学科を出て、東芝はじめ各社の仕事をし、明治大学の教授。特許、実用新案を数百件とった。

本書は昭和三十九年に出たが、現在では二十九版を重ねている。その一因は、本の題名の簡明さだ。そこに気づきましたかな。

キヤノンの入社試験の問題からはじまる。

つぎの品の用途を、それぞれたくさん書きなさい。

ピンポン玉。マッチ棒。ガラスのコップ。穴あき硬貨。鉛筆。

そのほか、各種の変化への対応。理由づけなど、暗記だけでは役に立たない問題があげられている。

ソニーの創業と発展に触れ、名はあげないが、二番せんじを資金力でもうける方針の社をけなしている。そういう社があるので、それへの挑戦者が出るのだろう。

昭和三十七年とデータは古いが、当時の日本の技術導入と技術輸出の比は、九九・七対〇・三だった。現在は変っているはずで、その経過が知りたいところだ。

存命中だったリコー、三愛などの社長、市村清《いちむらきよし》が日本リース会社を作り、技術者の派遣をはじめたことを賞賛している。

例が古いとの印象を受けるが、著者がメッキの町工場という小企業をやり、苦労のあげく倒産した。そんなことが、共感を呼ぶのかもしれない。

この著者は、イビキ防止法の実用新案をとった。寝台車に途中から乗ると、上段の人のイビキがすごい。

「これでは、たまったものじゃない」

しかし、発車と同時に、イビキはやんだ。そこで、ベッド用マットを三つの部分にわけ、別種の振動をさせる製品を作った。

敬服するね。普通だと、イビキの音をとらえ、拡大して耳に伝えるあたりから出発する。このような日常生活からのアイデアが多く、一般の人にわかりやすい。もっとも、SF的なものは出てこない。

著者は外国で、プラスチック製の引出しの隅にはりつける品をみつけた。ゴミがたまらず、掃除しやすい。たぶん「重箱の隅」という言葉が浮かんだのではないかな。

透明な円錐《えんすい》形のコップの絵がある。底がとがっているのだ。似た図は『眠れる心を一蹴り』のカバーにもある。そっちは、海岸の砂にさすなどとあるが、直径のちがった丸い穴をあけた板を使えば、計量に使えると説明している。なるほどだが、便利かどうかはなんともいえない。

このような杯は、日本に昔からあったようだ。差しつ差されつがつづく。外国にはない風習だろうが。

化学調味料の売上げをふやすために、容器の穴を大きくした。作り話かと思っていたが、本書によると事実らしい。面白くないね。しかし、あれを使いすぎると、食塩の取りすぎと同じ害があることを、ご存知ですか。ナトリウムの化合物なのだから。

いずれ、豊沢《とよさわ》氏の本も紹介するが、ここでも、アイデアでもうけるのは、〇・三パーセントとある。まさに、千に三つだ。しかし、ひとつの夢は持てるし、頭だって向上する。それに、なにかの時に役立つ。宝くじより金もかからず、当る率もいい。

といった「発明入門」の原点であり、読みやすい。

『背信の科学者たち』

W・ブロード、N・ウェード共著　牧野《まきの》賢治《けんじ》訳　化学同人

そもそも著名な科学者は、どのようにして発明発見をしたのか。その実例がわかればと、一読した。批判的らしい。並べてみる。

紀元前の天文学者プトレマイオスは、天体観測をやらず、ヒッパルコスの資料を引用した。観測地点のずれから、そのことがわかるとのこと。

しかし、プトレマイオスは、ヒッパルコスの死後二百五十年に生れていて、文献として利用したわけだ。

アシモフの『科学技術人名事典』では、ヒッパルコスの項目のほうが多いし、プトレマイオスは集大成の業績と明記している。暗黒時代にアラビア語として保存され、ヨーロッパに紹介され、ルネッサンス期に名が知られた。当人が威張ったわけではない。

ガリレオは、落下実験をしなかったからいけないともある。彼は思考による科学者だったのだ。落下での加速は、その百年も前にダ・ビンチが主張している。こいつも、けしからんのか。

現実に実験していたら、空気抵抗がからみ、なにも得られなかっただろう。それに、振子の等時性という、大発見もやっているのだ。それを書かないのは、どうかな。

ニュートンにまで、かみついている。しかし、科学上の業績は大きい。大げさな表現を使ったというが、新説をみとめさせたかったのだ。

彼の欠点も、とくにかくされているわけではない。少年時代の貧しく不幸だったことには触れず、欠点だけをとりあげるとは。

ダーウィンも、けなす対象として面白いかもしれないが、ビーグル号での観察の評価はとなる。実験しなかったガリレオ批判は、どうなるのだ。

メンデルの実験結果は、自分につごうよく作られたとあるが、とにかく前人未踏の法則の発見はしたのだ。

ひとつだけ、新知識を得た。ソ連の農学者ルイセンコが、品種改良の新説を出した。メンデルに反対する思考である。アメリカのバーバンクも、メンデルを知らずに品種改良の成果を上げ、とくに評判が悪いわけでない。ルイセンコは独裁者スターリンに取り入り、科学アカデミーの会長になり、反対派を追放し、ソ連の科学にブレーキをかけた。いまなら、じつはCIAの陰謀だったとなるところだ。

一九六四年、無名の若い科学者が勇気ある発言をし、追い出しに成功。その人の名はサハロフ博士。

そのほかは、無名の学者の重箱の隅を突っつくような話ばかり、面白いものではない。そういえば、私が作家になりたてのころ、この出版社の雑誌から、迷惑と被害を受け、そのままだ。いまになって許す気には、ならないね。学者が運営に口を出すと、無神経さを示す一例。

この著者どもも、自分はなにも出来ず、個人的な欠点をとりあげるだけ。芸術家の女性関係も、調べてみたらどうだ。大いにけなしてみろ。

こんなのを書くぐらいなら、占星術、血液型性格（日本だけだが）、漢方薬、イスラム教徒の豚肉拒絶、麻薬対策。論じるべき問題は多いのだ。

『夢か科学か妄説か』

市場泰男《いちばやすお》著　平凡社

「古代中世の自然観」と副題にある。

広い目で、発展とはなにかをとらえる必要がありそうだ。なに、面白そうなので買っておいたのを、ここで読んだというわけだ。

科学なんていっても、はるか昔からすなおに進んできたわけではない。ギリシャ文明が、キリスト教に押さえられ、長い暗黒時代を持ったのは残念なことだ。キリスト教は、人類になにをもたらしたか。だれか説明してくれないものか。

古代において、砂金のように美しいものは、神秘だった。アリストテレスは、仮説を立てた。太陽光線は地中にもとどき、火、空気、水、土から、植物のように岩石や鉱石を作り出す。科学的な思考のめざめである。古代南米では金が豊富で、考える気になれなかったのか。

アリストテレスのあと、一八〇〇年たち、十三世紀になって、錬金術師たちが、鉱物の研究をはじめた。天体との関連で、金は太陽、銅は金星、鉄は火星といった結びつけをやってみた。

記号を作り、♀は金星、♂は火星。これは、のちに性別にも使われるようになる。また、安価な金属も、時とともに成熟し、高価なものになるとの仮説も立てた。

火山は地下の石炭の燃焼によるとの説は、わかりやすい話だ。

この錬金術師たち、怪しげな連中と思われながらも物質の研究をつづけた。触媒をはじめ、多くの発見のもととなり、学問や産業の助けとなった。天文学だって、占星術の流行で、ルネッサンスにつながる。残念かどうかはなんともいえないが、武器も同様である。

老子について書いた時に触れたが、水の存在も神秘だったらしい。泉や川の水は、どこから来るのか。古代文明の発生地は、水源とは無縁である。

地下に多数の洞穴《ほらあな》があり、水はそこから出たり戻ったりとの仮説もあった。アリストテレスは、いや、水は太陽熱で上昇し、雨となって降り、地下に集まると主張した。地面はスポンジの性質を持つと、わりと科学的である。

彼はまた「空気が水に変る」と、しきりに言っている。老子と話をさせたかったな。文明と海との関連はどうなのか。調べはじめたくなるが、ほどほどにしておこう。若い人は、大いにやって下さい。

そのほか、この本には山の発生、地震の原因、真空は存在するかなど、歴史的に思考の変化をとらえている。関心のあるかたは、どうぞ。

仮説も、重要なアイデアなのだ。超能力もUFOも、それが作れず、とどまっている。このままだと、神秘や信仰になってしまう。

『ライト、ついてますか』

ドナルド・G・ゴース　ジェラルド・M・ワインバーグ共著　木村泉《きむらいずみ》訳　共立出

版

「問題発見の人間学」との副題がついている。担当編集者から、送られてきたのだ。

「お持ちかもしれませんが、私は面白く読みました。理工系のベストセラー、一位を半年ぐらいつづけました」

との手紙つきである。ご好意はありがたい。しかし、あけてみて……。

うーんだね。私が書店で見たら、買わなかったろう。ヨコ組みなのだ。読む楽しさをおぼえてから現在まで、タテの読書ばかりしてきた。頭がかたくなっている。

大学は理科系を出たのだが、ヨコ組みのものは、数式、化学式、データを並べるためで、文章と感じたことはない。

ワープロ世代の若い人は、平気なのだろうか。それなら、劇画がそうなっていていいのに。歴史の教科書がヨコ組みだと、私は戦争もなにも、他人の事に思えてしまう。

表題となった章の、内容は面白い。スイスの山のトンネル。内部に照明があるが、停電の場合は暗くなる。入口にこんな標示を出した。

「注意、前方にトンネルがあります。ライトをつけて下さい」

トンネルを出ると、眺めのいい休憩所。多くの人がライトをつけたままで、バッテリーが上ってしまう。どうすべきか。

出口の近くにも標示をだが、長い文体だと事故のもと。そこで、

「ライト、ついてますか？」

とする。いちおう解決。直訳なんだろうが、日本語ならもっと短くなる。「ライトを！」途中で安心してはいけない。もっと名案はと考えなければ。「を」も不要か。ヨーロッパ語では、だめなのか。

ロングセラーとして、どんな人が読んでいるのだろう。著者の紹介がどこにもないのだ。カバーの折り込み部分の広告を見て、ひとりはコンピューター関係のベテランらしいと想像した。その分野の人たちが、買っているのだろう。

共立出版には、アシモフの『人名事典』を使わせていただき、大学時代に学術書を何冊か買い、役立った。

しかし、読み物となるとね。アシモフ選集のシリーズも出している出版社で、二冊ほど買ったが、ヨコ組みのため、まだ読めずにいる。

横組みの平気な、若い人はどうぞ。

『珍々発明』

中山ビーチャム著　集英社文庫

少し気分を変えましょう。読売新聞社で昭和四十六年に出した、テル・ヤー・ボーネン作の、同じ題の本を持っている。編集しなおしての、文庫化である。

著者は一九一七年生れ。町の発明家として、すごしてきた。本名、坊年輝哉《ぼうとしてるや》。かたわら、こういう世界の妙な発明を調べ、発明界のためにつくしている。

眠れない時、柵《さく》を飛び越えるヒツジを想像し数える方法が、外国にある。ウチワのようなものに、飛ぶヒツジの絵を印刷し、顔の前で回転させるのだ。昭和十七年に、アメリカで特許を取った人がいる。目をあけているのか。

胃のなかの、回虫を釣り上げる装置。釣針では危いので、それなりのくふうがある。

一八五四年のアメリカの特許。胃酸のなかに、いるわけないのに。

日本では昭和九年、ネズミの首に鈴をつける装置で、実用新案をとった人がいる。

室内を歩くことで、足の下のフイゴが動き、掃除器がゴミを吸いとる。実用には、力が不足だそうだが。

トイレット・ペーパーへの印刷は、毎年、何十件も申請があるらしいが、明治三十年にドイツ特許、大正十五年にフランス特許と、先口がある。その権利も期限が切れているわけで、独自なものを印刷して売るのは自由である。

いやなやつの顔を、特注して作り自宅で使うとか、字なら「出しすぎに注意」とか。立候補者が自分の名入りのを作り、古新聞と交換して回るか。ばかにされるか、同情票を集めるか、どっちでしょう。

上下のないソロバンもある。図を見ると、なるほどと思う。二人が向い合って使うことができる。小学校の先生の発明。明治三十年のことだ。

ひどいのは、害虫完全退治器。欲しいと金を送ると、小さな木片が二つとどく。これにはさんで、押しつぶす。しかし、ねずみ講、原野商法、霊感商法より、まだいい。しかし、寺社のお札《ふだ》は霊感商法ではないのかとなると、大議論となる。この企画を買う媒体は、ありませんか。

こういった話が、ぎっしり並んでいる。ユーモアがある。どれも、もっともらしく、苦しんだあげくの、変な品ばかりなのだ。大金を夢みてたからだろう。

しかし、どの人も、なにも考えない人より、はるかに楽しめたわけだろう。

『発明発見の謎』

R・シルバーバーグ著　鈴木重吉《すずきじゅうきち》訳　時事通信社

「世界をゆるがせた」との文句が、題の上についている。とりあげた本のなかで、小説家による唯一《ゆいいつ》の本。アメリカのSF作家で、日本での訳本も多い。内容も、特別にユニークである。

ホーカス hocus という古い英語があり、のちに語尾がXに変化する。人を迷わせ、かつぐという意味。科学的なペテン師の話を集めたもの。

一七一〇年、地下から巨人の骨と思われるものを、発掘した人がいた。事実は、一万年以上も前の、象の骨だった。

十六、七世紀ごろ、ヨーロッパでは大建築のため、土台をかためる目的で地面を掘り、妙な物の出土が話題となっていた。

これを持ち込まれた、ドイツ西南部のビュルツブルグ大学の医学部教授、ベリンガーは好奇心をかきたてられた。ダ・ビンチも、大洪水で埋められた遺骸《いがい》かとの仮説をのべている。

変った形の石にしては、骨や植物に似すぎている。さまざまな珍説が出て、面白い。教授の意見。

「造物主がついでに作った、特別な石」

つい深入りし、標本を集めようと、発掘を指揮した。三人の作業員により、数百種がそろった。カエル、コオロギ、イナゴのほか、草や花や星形のものまで。

ラテン語、ヘブライ語のきざまれているのもあった。ついには、造物主のエホバと名のついたのも出た。

喜んだ教授は一七二六年、大図鑑つきの大論文を刊行した。ノアの洪水以前の生物のすべてというわけだ。

やがて、大学内で対立する二名の教授の陰謀で、作業員たちの作ったニセ物で、ベリンガーがだまされて買わされたと判明。

しかし、作業員たちは、十八歳以下の少年ばかり。五か月で二千点。本物の化石もまざっていたと思うが、いちおう幕となる。

骨と化石と、実物の形の石の区別はつけたらしい。にせ物も、芸術的なほど巧妙に作られていたという。少年に可能か、そのほうがミステリーだ。

結果として、陰謀をしくんだ二人はきらわれ、ベリンガーは多くの同情を受けた。進化論をチャールズ・ダーウィンが発表したのは、一八五八年。この事件は知っていたわけで、興味を持つ一因にはなっただろう。地下に変な生物の骨があるのは、たしかなのだ。

なお、ダーウィンの祖父エラスムスも生物学者で、一八〇〇年の前期に「自然の殿堂」などで、原始生命から水中生物へと発達し、人類はサルの一種の系統からとの文章を書いた。環境への生命の反応を重視している。

進化論は、ラマルクのほうが少し早いとの説もあるが、彼は「獲得した形質は遺伝する」との論を主張、チャールズ・ダーウィンの適者生存論のほうが、より真実に近い。

チャールズの次男のジョージは、天文学者で生物学者。月の引力による進化理論「潮汐」という論文も書いている。

こういう背景を考えると、チャールズを進化論の代表者にするのも、当然だろう。彼の独占物というわけではないが。

べつな話。

一七七八年、オーストリアの医者メスメルが、パリで動物磁気療法をはじめた。磁気をおびた水と称するものを入れたビンを並べ、上流夫人たちをまわりにすわらせる。

補助員の美青年たちが来て、見つめたり、マッサージをしたりする。音楽が流れる。そのうち、メスメルが棒を振ると、体内をなにかが流れ、緊張がとけ、指を鳴らすと目がさめる。

大金が入ったし、マリー・アントワネット王妃も応援した。信奉者が「調和学会」という団体を作った。一方、うさんくさいと思う人たちも多かった。

私としては、ここまで手順を作ったメスメルは、一種の天才だと思う。かりに、金もうけのためとしても。

これは、シャーマニズムの流れか、自己暗示かはわからない。しかし、それが発展して、現在は催眠術と呼ばれ、存在そのものはみとめられている。

現在もまだ、解明されつくしていない。独自な仮説を立てれば、名を残せる。ヨガやハリにも関連しているらしい。

べつな話。

一八三五年、情報伝達に日時のかかった時代。アメリカ最大の新聞といっても、一万部ほどだが「ニューヨーク・サン」は、健全な経営だった。その年の八月、すごい記事がのりはじめた。

天王星の発見者の息子のハーシェルを長とする、南アフリカ科学調査隊が、ケープタウンで南半球の星座を観察中、月に生物を発見した。

「ヒナゲシの花の群生。モミの木の林。白砂の浜と大きな海。高い塔とピラミッド。一角獣。ペリカン」

この連載で、部数は倍に伸びた。途中で望遠鏡の高性能についての、もっともらしい術語をはさむ。つづいての生物。

「赤い花をつけたヤシの木。角《つの》のあるクマ。尾がなく直立歩行のビーバー」

さらには、

「オレンジ色の大きな水晶。純金の鉱脈のあるガケ。首の長いヒツジ」

ついには、

「翼のある人間のような生物。会話をしているらしい。青い宝石の聖堂」

しかし、原文を見たいとの学者の申し出で、記者リチャード・ロックの作り上げた話と判明。あやまりもしない。真に読者を面白がらせて、なにが悪い。だれも、これで被害を受けていない。

この新聞は味を占め、九年後に、気球による大西洋を三日間で横断した記事をのせた。作り話だったが、読者は興奮した。記事を書いたのは、若く無名だった貧乏作家、エドガー・アラン・ポー。

SF作家のベルヌの『月世界一周』が出たのは、この月のデマより三十年もあとの一八六五年、『海底二万マイル』が六九年。ウエルズの『タイムマシン』が九五年。こうなってくると、SFのかくれた先駆者は、このロックという人物といえそうだ。

あと、永久運動の装置を作ったと称し、じつは圧搾空気の利用とばれる、ペテン師の話ものっている。まともに使えば、工業の発展に役立ち、正当な利益も得られたはずだ。

いろいろと、考えさせられる。

トロイの遺跡を発見したのはシュリーマンだが、その孫は、この栄光ある姓にたえられず、失われた大陸アトランティスの話を作り上げた。チベット寺院の写本など、よく引用されるが、だれも見た者はいない。

夢のある話で、新しいタイプのSFの祖かもしれない。さかのぼれば、プラトンだ。谷崎や乱歩ともつながる。

南米ベネズエラのジャングルで、類人猿を見たと称した人もいる。新大陸には、そのようなのはいないはずなのだ。しかし、北米の奥地で、サスカッチという巨人を見た話は、まだ結論が出ていない。

この本は、昭和五十一年の出版。絶版になっているのなら、どこかで文庫に収録しないものか。ほかにも、このような面白い話がたくさんのっている。

『発明なんでも相談』

豊沢豊雄《とよさわとよお》著　ダイヤモンド社

いよいよ、大物の登場。代議士を二期つとめたあと、発明奨励のほうが世のため人のためになるだろうと、主として日常生活関連の発明者たちを助け、いまや会員四万人の、日本発明学会の会長。

著書も多く、昭和四十年発行の『落第発明』も私は持っている。取材のため、お会いしたこともある。

当時の落第発明、つまり昔に登録されている例が並べられている。たとえば、マッチの軸の両端に発火薬をつけたもの、一端をツマヨウジにしたもの。年に二十人ずつ申し出ているらしい。

そのあとに買った本はなくしたが、マッチ箱の形の案が利益を上げた時代があった。銀行の景品に、ちょうどよかったのだ。しかし、使い捨てライターが量産され、タバコ有害の世となっては、もう意味がない。

本書からの引用。

三角ウチワを作って、五千本を売った人がいる。大もうけとも思わないが、当人の気分はいいものだろう。なにか新しいものを、世に出す。その喜びは、私にもわかる。

豊沢氏の弟子に当る笹沢《ささざわ》という主婦が、洗濯機のなかに出る糸くずを取るため、小さな捕虫網ですくった。手を休めても、しぜんに入ってくる。吸盤と結合せ、内部にくっつけられるようにし、特許をとった。

それにより月に二百万円のロイヤリティが入るようになった。

これが、この種のものの最近の傑作らしく、くりかえし書かれている。なお、糸くず取りという新しい発想のものは特許で、権利は十五年。鉛筆の一端に消しゴムをつけたようなのは、実用新案で十年。鉛筆に特徴のある人形をつけたものは、意匠登録で十五年。社名のたぐいは商標で、十五年ごとに更新すれば、半永久的に独占できる。

この本の初版は昭和五十一年。面白い品も多くのっているが、期限切れのも多いというわけだ。そこへゆくと、作家の著作権は死後五十年。文化優遇の形だが、そこまで残る作品があるだろうか。

ハエトリ紙にヒントを得て、ゴキブリとりの紙の箱を作ろうとした社があった。しかし、調べると、一か月前に某氏が出願している。頭を下げてたのみこんだ。

その人は強気に出て、五千万円を手にしたが、メーカーはその商品を三か月で二十七億円も売った。そのあとの事情は知らないが、類似の品の出ていることから、実用新案にならなかったのか。

ねり歯みがきのチューブのフタ。二重にして穴が重なれば出るようにすると便利。しかし、これは仁丹やトウガラシ入れと同じだと、不許可。

松下電器は、二またソケットの発明がもとだが、それだけ作っていたのだったら、十五年で会社も休業だった。

松下電器では、年間に五十万以上ものアイデアが社員から出される。それへの予算も用意してある。そのなかから、十か十五がものになれば、もうけものとのこと。

世界で創造工学に関連した人は、だれもが言う。

「アイデアは量、量、量。質はあとから。量こそアイデアのもと」

真理なのだが、説明がいる。ショートショート募集をやると、規定で押えないと、ひとりで数十編を送ってくる人がいる。そういうのは、くずばかり。

数十のアイデアが出たら、メモにしておき、最良のを月に一編でいいから、なっとくのゆく作品に仕上げるべきだ。

俳句の芭蕉《ばしょう》だって、三十年間に残したのが、九百八十句。その何倍、何十倍の作が捨てられているのだ。私だって、つねに目前の一作しか頭になかった。

本にのっている例を並べる。

空気でふくらます犬を作った、小企業の経営者。オモチャ売場へ行くと、車つきのオモチャ箱がよく売れている。ひとつ、犬の足に車をつけるか。同業者にばかにされたが、二千ダース売れた。

さらに、車つき自動車に犬を乗せようと考えた。くふうして実現したら、六万ダースも売れた。

私はゴルフをやらないが、室内で練習するのに、人工芝の置き場のない人がいた。そこで、外側が人工芝というボールを作った。パターボールの名で、商品化されているそうだ。まさに、日本的な発明だね。

排気ガス浄化器の開発に大金をつぎ込み、その夫人が豊沢氏に泣きついてきたという。一方、自動車内にコーラを置きたいと、針金で試作し、製品化でもうけた人がいる。身近なものに目をむけるのがいい。

なら、テレビの改良となるが、それは企業の研究所のやること。むしろ、新しい作風のドラマ脚本を書くほうが早い。損はしないのだ。

こんな引用をしながら原稿料をかせぐのも、ひとつのアイデアだが、そんなさもしいことをしなくても、私は生活できる。

この本には、その何十倍の例が並べられている。氏の本は、ダイヤモンド社から、ほかに何冊も出ている。

期限の切れたものも、目のつけどころなど、基本的なものは変らないし、重複の部分は重要だからと思えば、大いに参考になる。


『頭にガツンと一撃』

ロジャー・フォン・イーク著　城山三郎《しろやまさぶろう》訳　新潮社
前にあげた『眠れる心を一蹴り』の作者の、第一作である。こっちを、あとで読んでしまったが。

「頭のこわばり」の有害さが主張されている。それをほぐす一例。

ある禅僧が弟子を呼び、その前の茶碗《ちゃわん》にお茶をつぎつづける。あふれる。

「おやめ下さい。もう入りません」

弟子が言うと、師が教えた。

「教えを受けたければ、頭の茶碗をからにしてからだ」

なるほどだが、驚いたね。この著者は、アメリカ人だ。英訳の本でこれを読んだのか。

私もはじめて知った話だ。頭にいろいろ入っているのだろうな。

何か体験しないと、思考の自由は得られない。退職命令、カルチャーショック、家具の配置を知らないうちに変えられた、など。

この本は、いわゆる実用新案の手引きではなく、企業運営のためのもののようだ。その底に共通点はあるとしても。

五つの図形があり、異質なものをひとつ選べとある。しかし、言われてみると、どれをあげても正解なのである。

学校教育にまで延長すると、大きな問題となりそうだ。

「氷がとけると、なんになる」

有名な議論で、水と限らず、春でもいいとの説がある。北極圏や熱帯では通用しないが、ひとつの答えではある。

唯一《ゆいいつ》の答と、多種な答と、その分野の別のリストがのっている。たしかに、そこが出発点とわかる。こういうことも知ることで、一段と頭がよくなる。

沖仲士から哲学者になったホッファーは、労働組合をこう評した。

「一九三〇年代には、二十一歳の娘だった。美人で、スタイルもよく、明るく魅力的。いまでは六十代になり、ふとって、みにくく、気むずかしい。やっかいなことに、自分をまだ二十一歳と思い込んでいる」

気がきいていて、日本の政治家には言えないせりふだ。なんと、私だって六十代になったのに、発想法を調べている。

人生をたとえるとなにになるかを、いくつも列記してあり、どれも成立するのだ。

はじめて知ったが、一八七〇年代、有名なタイプライターのメーカーは、速く打つとキーがからむことの対策を検討した。そのあげく、打ちにくいようキーを排列したらとの、名案が採用された。いちおう解決。

しかし、そのあとタイプライターやワープロの性能はめざましく向上したが、打ちにくいキーの排列はそのまま。そういう例は、ほかにもあるだろうな。

オランダのある町で、道のゴミの処理に困った。捨てるのを処罰するとなると、パトロールの費用がかかる。

「くず入れにゴミを入れると、コインの出る装置を作ったら」

名案と思えたが、金がかかる。そこで、さらに飛躍させた。ゴミを入れると、テープが回って、ジョークを話す。それは定期的に変る。つまらぬ時もあるが、いつもそうとは限らない。道はきれいになった。

考えたね。特許でもうけようというのだったら、途中で投げ出すところだ。

余談になるが、かつてある社会主義国で、道路のきれいなのに感心した。さすがマルクスだが、あとで気がついた。広告ビラ、スポーツ新聞、缶ジュースのからなど、捨てるもののないせいではないか。

人工衛星の設計会議で、これをからかってやろうと、みんなが言いたいほうだい。だじゃれを作った。いい案が続出した。つぎの時、まじめに論じようとしたら、アイデアはなにも出なかった。

「人生は冗談でしかないと思うなら、気のきいたせりふを考えなさい」

こんな文句もはさまっている。紹介しすぎたようだが、ほんの一部である。企業小説を主に書く城山さんがほれ込んだのだから、お読みになれば、私とは別の発見があるだろう。

『未来の発明特許』

ステファン・ローゼン著　加藤秀《かとうしゅう》訳　ワニの本

昭和五十二年の出版。作家として資料になるかと買い、そのままになっていた。著者は天文物理学を学び、各地の研究所で仕事をし、ニューヨークで経営コンサルタントをしている人。

優秀な人なのだろう。その証拠に、そのあとの年月で、多くが実現してしまっている。読んでいて、妙な気分になる。

超音波ミシン、太陽熱コンロ、焼却式トイレ、ボウリング自動採点機、垂直離着陸飛行機、水素で走る車、追突防止レーダー、カタログ・ショッピング、学習用コンピューター、超薄型テレビ、レーザー通信、無害の食品添加物。

そのころ、すでに試作品が出来かかっていたものではないのか。ホーバークラフトの都市交通など、リニアに及ぶまい。

そういえば昔、日本製のSF映画で、月面上を車が走った。未来の乗り物だからと、ホーバークラフトだったのには、驚いた。真空の月面で貴重な空気をむだにするな。

町の発明家の妙な品のほうが面白いのは、どうしてか。

気球を浮かせ、ラジオ、テレビの放送用に使えるといっても、すでに衛星放送の時代なのだ。

訳者が加えたと思われる、当時の最新情報ものっている。チェルノブイリの事故で有名になった、セシウム137、また原発廃棄物のストロンチウム90。

前者は中性子一個を加えると、138になり、三十三分で無害のバリウムになる。後者は91となり、七十日で安全なジルコニウムになる。簡単かどうかだが、こういう研究が進行中で、近い未来には可能らしい。

原発が好きとはいわないが、温室効果で気候一変もかなわない。酸性雨も困る。この実現の早いのを祈りたい。

物理学者のローザー博士は、低コストでオゾンを作る実験に成功した。オゾンには殺菌力があり、その結果は人体に無害。

原料は酸素。不安定な性質だが、上空のオゾン層の弱まりを、これで防ぐことも可能なのではないか。

原発反対には、産油国から金が流れているのかもしれないな。イラン、イラクに武器を売りつけた国は、石油を売らせて、代金を回収しなければならない。謀略小説に、ありそうだぜ。

『独創開発論』
西澤潤一《にしざわじゅんいち》著　工業調査会

西澤さんとは、河北新報で対談をしたことがある。予備知識がなく、なんとなく話してしまった。あとで本に収録したいとのことで、承諾した。つまり、この本にそれがのっているのだ。

東北大学の教授で、光通信の開発をはじめ、エレクトロニクスの分野のノーベル賞レベルの学者と知って、あとで驚いた。

ユニークな主張をなさった。独創のある人を育てるには、それを評価できる人がいなければならない。学者の立場だと、研究費の配分が、平等主義では効果がないというわけだ。

ハイブリッド米は、日本で研究され、種子が作られ、援助のために中国に提供した。それが米国で大規模化され、コメの自由化を迫られることになった。評価する人がいなかったからである。

自動車や電気製品の製造をアメリカに学び、輸出で利益をあげた仕かえしをされたようなものだ。

東北大の教授、長岡半太郎《ながおかはんたろう》は学問ばかりか、評価の才のある人だった。そのため、KS鋼の本多光太郎《ほんだこうたろう》、テレビを発明した高柳健次郎《たかやなぎけんじろう》、アンテナの八木秀次《やぎひでつぐ》、無装荷ケーブルの松前重義《まつまえしげよし》など、新しい分野の学者が、何人も育った。

同じく仁科芳雄《にしなよしお》教授は、学会での湯川秀樹《ゆかわひでき》教授の発表のなかの、数式のまちがいを指摘した。しかし、同時に着想を激賞し、ノーベル賞へとつながった。

西澤さんのもうひとつの主張は、学者も企業も国も、世界の特許を取れである。世のために辞退するでは、美談でもなんでもない。ハイブリッド米も特許をとっておけば、対策への時間は、権利としてかせげたのだ。

また、未来への危機感もお持ちだ。アメリカは生産技術が低下しても、農産物は充分。日本は、人口がすでに適当な数を越えている。産業も加工と貿易だけだから、たえず創造を出しつづけなければならない。

低賃銀の労働力を求めて、工場が外国へ進出している。しかし、それ以上に安く働く産業ロボットが出現したら、どうなるか。ことは、日本や近隣諸国だけではすまない。

将来への対応となると、容易なことではない。

学者が本業なので、内容のレベルが高く、娯楽性はないが、多くの問題をとらえている。特許で独占もいいが、日本では同種の品を各社が作り、そのなかのを選んで買いたがる傾向がある。むずかしいものだ。

手あたりしだい、ずいぶん読んでしまった。いまさら発想法でもと、クールな気分だったから、混乱することもなく、すらすら読めた。

「なにか意見を持っているのか」

と私が聞かれたら、体験をふまえた、新潮文庫の「できそこない博物館」をお読み下さいと答えるまでのこと。

異質なものの組合せといっても、その大部分は無意識のなかでおこなわれる。そこから姿を出したものを、ものになるかどうかみきわめる。メモはそのために使う。

みきわめるには、価値があるかどうかの判断力を持っていなければならない。いわゆる常識の必要さである。小説の場合は、このアイデアでストーリーが作れるかどうかだ。

昭和二十年代の末、放射性のあるインキの特許を持っていると、とくいになっていた人がいた。これからは原子力といった時期で、大企業に売れると思ってだろう。

ご本人は、なんの計画も持っていなかった。そのあと、むなしく十五年がたち、いまはなんの権利もない。

社会は、甘くないのだ。

今回の本の大部分に共通していたのは、その気になって全力を出せである。これなくしては、少しの前進もない。

若い人に、向上への努力を惜しむ人がふえているという。日本全体に、現状維持でいい、これ以上の進歩はいらないとの空気があるらしい。しかし、西澤説によると、それは没落への道なのだ。

研究開発を怠れば、新興工業国に抜かれ、電気製品も車も、そこからのを使い、日本は失業者であふれてしまう。第二の敗戦だが、立ちなおれるかどうか。

ユニークな研究への評価も必要なようだ。巨額の基金で、外国の学者に与える賞が作られている。なぜ、外国人に限るのか。

湯川博士の時とちがい、日本の学者がノーベル賞をとっても、賞金で東京の近くに家が買えますか。

小説のアイデアなら、いくらか本が売れる程度でいい。しかし、技術的な向上への貢献者は、企業を伸ばし、国を富ませた人として、名声と相当な報償を与えて当然という風潮を作るべきだろう。

条件の悪い土地に、いい植物は育たない。やっかみの国民性は、かなり改善されてきた。子供のあこがれの職業に、

「ユニークな研究家」

が入るようになれば、未来は明るいと断言できよう。

李白という人

かなりの日本人が『唐詩選《とうしせん》』という本に、魅力を感じている。現在の若い人はどうかだが、なにかきっかけがあると、いずれ人気が高まるのだ。

月は落ち　烏《からす》啼いて　霜《しも》　天に満つ

ではじまる詩は、有名もいいところ。

珊瑚《さんご》の鞭《むち》を　どこかに忘れ
白馬おごりて行かず

この二節目は、太宰治《だざいおさむ》の短編「猿面冠者《さるめんかじゃ》」のなかの、茶碗《ちゃわん》にも書かれてあり、忘れがたい。道ばたの柳の枝を折り、鞭の代りにしようとする光景で、いかにも平和な長安《ちょうあん》の春らしい。

この二つの詩の作者はそう有名でないが、この時代の詩人のなかで、最も日本人に好まれているのは、李白《りはく》である。知られていて、わかりやすいのは「山中対酌」か。

花を眺めて　ふたりで飲んだ
一杯　一杯　また一杯と
眠くなったな　君はどうする
あしたも飲むなら　琴《こと》をたのむよ

読みくだし文が、昔からの習慣だが、最近はそれへの疑問も多い。なまじ漢字が共通なので、原文にこだわってしまうのだ。

イタリア語で字幕つきのオペラか、日本語訳のロシア民謡かで、議論はつきない。

井伏鱒二《いぶせますじ》の「厄除《やくよ》け詩集」は、自由な訳。

「サヨナラ」ダケガ人生ダ

もとは「人生即別離」である。漢字の味もいいのだが、読めない世代がふえている。また、その人なりの文で訳したくさせるものを、秘めている。そこも魅力のひとつ。

とにかく、古きよき時代だったのだ。伝説的にではなく、ほかのどの時代とくらべても、最も好ましい時代だったようだ。

中国の統一王朝の唐は、西暦六一八―九〇七で、そのへんの事情は、宮崎市定《みやざきいちさだ》著『大唐帝国』（中公文庫）のなかでも触れられている。

たいていの王朝は、少しつづくと、おかしくなる。唐も三代目の帝《みかど》の高宗《こうそう》は、後宮の美女に熱をあげた。これがのちの則天武后《そくてんぶこう》で、病気の帝の代行として、権力をふるった。

皇后や後宮のライバルを殺し、大臣たちを殺し、皇太子を殺し、自分と帝のあいだの子も、批判的だと殺してしまう。

こう話すと、知ってるような顔をする人がいる。たいてい、それは西太后《せいたいこう》。約千二百年もあとのこと。中国の悠久の文化、あまり変らぬもののようだ。

やがてクーデターが起り、武后一派は、ほとんど処刑。そこで、玄宗《げんそう》が即位。高宗と武后の孫に当る。シンボルとして残されたのだが、いい政治をおこなった。

古い派閥が、いずれも消えてしまい、民衆に被害が及んでいない。環境もよかったのだ。西方では、イスラム国家が勢力をひろげ、古くからの貴族、富豪は唐へと逃げてくる。

シルクロードも旅行しやすかった時代で、唐の首都の長安は、その出発点。キリスト教、仏教、成立まもないイスラム教と、特色ある思考に接することができた。異国の産物も入ってくる。

文化は、つねに新鮮だった。玄宗の権力が弱まるまでの百年間は、まさに黄金時代だった。日本からも、荒れた海を越えて、留学した者が多い。とりあえず、さっと李白を紹介する。

李白の何代か前の祖先は、唐の皇帝の一族とも言われる。なにかの失敗で、西域へと追われた。東西交易によって利益をあげ、李白の父のころには、四川《しせん》に定住した。揚子《ようす》江《こう》の上流、西方の山に囲まれた地で、一般的に悪くない生活をしていた。

なお、地名は気にしないで読んで下さい。いちいち地図でさがしていたら、頭が混乱する。現在は地名が変っているのもある。ここでは、そこを配慮して書く。

母は、金星、つまり太白《たいはく》がふところに入る夢を見て、子を生んだ。それにちなみ、李太白と名づけた。略して、李白。

系図も不明なので、どうしようもない。西方の種族の血がまざっているとの仮説もある。しかし、混血も一代目ならともかく、だから優秀とはいえない。

家に余裕のあったのは、たしかだ。幼時から本を読み、十歳までに諸子百家の説に通じ、十五歳で詩を作り、すぐれた作との評価を受けた。

また、剣術を好み、腕をみがき、仁侠《にんきょう》の徒との交遊もあった。すぐれた才能があるのなら、科挙《かきょ》という、官職につく試験を受ければいいのにと思う。

「しかし、商業、工業の家の者は、それを受ける資格がない」

というわけで、その出世コースへの反感もあった。仁侠の性格をそなえ、いざという時には、命も賭《か》けた。

身は白刃とともに

人を殺すは紅灯のもと

青春のはけ口でもあったろう。本当に殺したかどうか、調べようがない。

科挙が無理となると、儒学《じゅがく》より道教に心をひかれ、山に住む隠者について、教えを受けた。小鳥を飼い馴《な》らす術も習い、数千羽を操りもした。神仙思想にくわしくなり、四川の山々をめぐる。

二十五歳になり、育った四川の地を離れ、揚子江を東に下り、南京《ナンキン》などの都に遊んだ。

父が死んだのか、父から金銭をもらってか、そのへんは不明。

多くの人と交際した。李白は、没落した貴族の青年を助けたこともあった。使ったのは、三十万金になるともいう。豪遊したのは、たしかなようだ。

人生で、最もはなやかだった時期。くわしいことはわからないから、想像するしかない。金があり、若さがあり、頭だって働きもよかった。

べつな都市へ移る。二十七歳。唐の王朝で宰相をつとめた人の、孫娘と結婚。才能をみこまれたのか、女性にもてたのか。結婚をみとめられたのだから、遊ぶしかとりえのない者とは、思われなかったのだ。

その地方の名家の一員となり、十数年をすごす。一男一女をもうけ、各地へ旅をする。孟浩然《もうこうぜん》という詩人とも、友人となる。

春眠　暁を覚えず
あちこちの　小鳥の声

との、有名な作を残している人だ。彼が揚子江を舟で下るのを、李白が見送った詩は有名である。黄鶴楼《こうかくろう》という、川のそばの展望台の上での作。私の好きな詩なので、原文に近い形で引用する。

故人《こじん》　西のかた　黄鶴楼を辞《じ》し
烟花《えんか》三月　揚州《ようしゅう》に下《くだ》る

孤帆《こはん》の遠影　碧空《へきくう》に尽《つ》き
ただ見る長江《ちょうこう》の　天際《てんさい》に流るるを

故人とは、古い友。烟花は春の花がすみ。舟の帆が遠ざかり、水面と空のあいだに消えてゆく。読みかえし、味わって下さい。

多くの友を作り、酒を飲み、詩を吟じ、興にふける。この時期も、くわしくはわからない。しかし、遊びだけの生活ではなかった。

四十二歳。玄宗皇帝に召された友人の推薦《すいせん》で、李白へも朝廷からお呼びがあった。

「しばらく、宮中づとめをさせてくれ。ひと仕事をして、引退し、余生を静かにすごす。これが、かねての望みだったのだ」

言い残し、首都の長安へおもむく。詩や文章を作ると、高官がほめた。

「まさに、天からこの世に流された、仙人というべきだろう」

ただの、おせじではなかった。李白は玄宗皇帝に会え、みとめられ、翰林院供奉《かんりんいんきょうほう》という役をえた。私的な側近グループの一員といったところ。帝の秘書のようなもので、詔勅の文を作ったりする。文章の担当というわけ。

彼の名は、長安で知られるようになる。なお、この大都市、人口が二百万。当時とすれば、世界で最大だろう。

酒の好きな李白は、仲間とすぐ飲みに出て、いい気分になる。そう忙しくないのだ。

ある日。玄宗は庭を眺めていて、李白に詩を作らせて楽しもうと、この部屋に呼んでくるように命じた。

行きつけの酒場で酔いつぶれている李白を見つけ、ゆり起す。

「皇帝が、お呼びですよ。さあ、早く」

「だめだ。酒の仙人だから、好きに飲む」

「そんなこと言ってる場合じゃ、ありませんよ。しっかりしなさい」

頭に水をかけ、むりに連れてゆく。玄宗の前で、李白は筆を手にし、詩を作った。よどみのない、みごとな作品。

「ふらついていても、これほどの出来とは。すばらしい」

おほめの言葉をたまわった。

友人もふえ、そのひとりに日本から留学に来ている、阿倍仲麻呂《あべのなかまろ》がいた。のちに彼が帰国の時に読んだ和歌。

あまのはら　ふりさけみればかすがなる
みかさの山に　いでし月かも
この船は嵐《あらし》に会い、阿倍の死のうわさが伝わった。李白は彼をいたむ詩を作っているが、とくに名作ではない。現実は、南方に流れつき、戻ってまた官職についたのだが。

一方、酔った李白に迷惑を受けた者や、才能をねたむ者も出る。

「あいつは、詩のなかで、楊貴妃《ようきひ》さまをけなしている」

玄宗の夫人が、歴史に名をとどめる、この美女だったのだ。いごこちも悪くなる。二年がたち、李白は職を失い、都を去ることになった。

長安の東の洛陽《らくよう》で、杜《と》甫《ほ》と知り合う。この二人、どう優劣をつけるか、その論争は現在に及んでいるほどだ。李は四十四歳。杜は三十三歳。

高適《こうてき》という詩人とも友人になり、三人で景色のいい地へ遊をし、酒を飲み、詩を作った。楽しいものだったろう。

また、洛陽の南の地で、宰相をつとめた者の娘と結婚。なぜか、名門の娘に、もてる人物だったようだ。

ひまをみて旅に出て、酒と詩の日々。この時期の作「越中懐古」がいい。宮づかえをやめ、自由だったためか。

越王《えつおう》の勾践《こうせん》　呉《ご》を破《やぶ》って帰り
義士は家に還《かえ》り　ことごとく錦衣《きんい》
宮女は花のごとく　春殿に満ちしが
いまはただ　鷓鴣《しゃこ》の飛ぶのみ

若い人には通じまいが、臥薪嘗胆《がしんしょうたん》とは、越の王が勝利を得るまでの努力のことである。みごとに勝ち、盛大な祝宴。しかし、やがて越も滅亡し、城あとには野生のハトが飛びかっている。栄光も、むかしのこと。

なんだか、この訳が「荒城の月」のような気がする。

春　高楼の花の宴

めぐる杯《さかずき》……

むかしの光　いまいずこ
滝廉太郎《たきれんたろう》の曲でひろまった。作者は土井晩翠《どいばんすい》。モデルの城趾《しろあと》がどこかとの議論があるが、この李白がもとだろう。

詩人としては杜甫を上にする人があるが、李白は日本人の好みに合っている。失意だったかもしれないが、平穏な年月。毎年のように旅に出るが、寒くなれば家に帰っただろう。

十年がすぎ、李白は五十五歳。この年、安禄山《あんろくざん》が中央の役人と意見が一致せず、反乱を起し、いまの北京《ペキン》で挙兵した。西域系の人物で、北方の防備をまかされていた。部下の統率がうまく、戦いも巧みだった。

やがて、長安は占拠され、玄宗は楊貴妃と逃亡。途中、部下の進言で、彼女の処刑を命じる。皇帝が美女と逃げた点で、虞美人《ぐびじん》とまちがえる人がいるが、虞は紀元前二百年で、ずっと昔の人だ。

ここで唐の王朝は滅亡となるところだが、安禄山は病気になり失明。子息に殺され、野望はつぶれる。

この事件の時、李白は安禄山と戦う水軍に加わるが、上部の不統一で、反逆軍あつかいとなる。帝位をついだ粛宗《しゅくそう》の意見だから、どうしようもない。

李白も捕えられ、辺地への流刑となる。五十七歳。いやいやの、ゆっくりの旅。恩赦を期待してであり、それは実現した。才能を惜しむ者も多かったのだろう。

二年後、小さな反乱のための軍に加わろうとしたが、六十一歳で病気がち。むりだった。その翌年、いまの南京《ナンキン》の近くの町の、李という知事の家で休養。やがて死をさとり、同姓のよしみだと、詩集の編集をたのむ。

湖の舟で酒に酔い、水にうつる月を手でつかもうとし、落ちて死んだともいわれる。子孫のことは、ほとんど不明。


簡単ではあるが、李白の人生。『世界伝記大事典』（ほるぷ出版）を参考とした。筆者は中島長文で、この項は大判で四ページに及ぶ。

また、小川環樹編『唐代の詩人――その伝記』（大修館書店）の李白の項も参考にした。ほかの詩人の伝記ものっており、一冊だが厚い本で、値段も高い。それで版を重ねているのだから、驚きだ。唐詩のファンの厚さを知らされる。

つとめて好意的にまとめたから、お忙しいかたは、ここまででよろしい。楊貴妃や安禄山について知ったのだし。

李白の詩の本も多いが、伝記的な部分は、こんな程度である。批判的な気分では、本を書く気になるまい。

李白の研究書は、かなり多い。昭和十九年の春に、日本評論社から出た、田中克己著

『李太白』は、発行時に買った。戦争中に読んだ思い出がある。

古書目録にあったので注文したら、同じ初版が手に入った。なつかしいね。しかし、この著者が昭和十年ごろにモダンな詩を書いた人とは、知らなかった。戦争の時期と重なり、充分な活躍のできなかったのが、惜しまれる。

近年の本では、高島俊男著『李白と杜甫』（評論社）が面白い。著者は東大の中国文学科卒、執筆時はその科の助手。

二人の詩人の出会いを発端とし、それぞれの評伝を書いている。べったりの賛美でなく、真実に迫ろうとする印象を受ける。もうひとつの伝記となりそうだ。


李白の父は、西域との商売でもうけ、四川に移ってきた。李白の四歳ぐらいの時である。出生地もはっきりしないのだ。

それに、李という姓も、不明確。唐王朝の皇帝の姓と同じなので、勝手にそうしたのかもしれない。西域との商人なら、それらしく話して、うまくやったろう。

移り住んだ父親は、李客と呼ばれた。客とは名前ではなく、いわば「よそもの」の意味。自称の李さんといったとこか。

子の李白の代になって、なんとか李と呼ばれるようになった。先祖は不明だが、父は財産を持ち、わが子の教育に金を惜しまず、その本人に才能があった。

その以前からだが、中国では官職につくのが、人生の目標になっていた。国民性とはいえ、私にはぴんとこない。

官職につくには、科挙《かきょ》の試験への合格が必要だが、高官の推薦《すいせん》がいる。商人の子でも、金を使ってという方法はあるが、李白の場合はむり。地方官にとり入ろうにも、まだ親しくなっていない。

ほかに有力者にみとめられるルートは、文筆の実力である。文章、とくに詩を作ることは、官界で名をあげやすい。くらべてみれば、判定はつけやすい。

また、道教は皇帝も信じており、その知識も身につけておいて、損はない。これらを修業する余裕が、家にはあったのだ。

高島説では、剣術や人斬《ひとき》りの説は、誇張だろうとしている。しかし、そう話すと効果があると思うほど、侠気《きょうき》へのあこがれもあったようだ。

べつな視点だが、李白はじつによく旅行をしている。治安はどの程度だったのだろう。万一の時の護身術として、いくらかはできたのかもしれない。正当防衛をしたかも。

二十五歳で、郷里を出る。詳細は不明。そのあと、ここへ戻ることはなかったらしい。よその扱いが、いやだったのか。

寝床《ねどこ》から見る　窓の月
霜のように　地を照らす
頭をあげて　月を見つめ

伏しては思う 故郷のこと

有名な「静夜思」だが、本気で思ったのかどうか、なんともいえない。

東の都市で、気前よく豪遊。三十万金は大げさだろうが、享楽性を実体験した。名家の娘と結婚するが、大金を見せて結婚し、そのあと遊びに使ったともいえそうだ。あるいは、さほどの美人でなく、李白は就職への格をつけようとしたのか。資料不足だと、どんな説も作れる。

李白の頭のなかは、官職という大目標が占めていて、旅も結婚も遊びも、それとの関連で考えるのがいいらしい。金銭も、無意味に使ったのではないだろう。

交際術も、試行錯誤で身につける。現代においても、むずかしいのだ。卑屈も、尊大もいけないのだ。詩作も、自己の存在を示す手段のひとつ。芸術至上主義といった、なまぬるい時代ではない。

功業が成ったら 林中で余生を

このような内容の詩を、いくつも作っている。権力の座にしがみつく気はないから、とにかく役を与えて下さい。ストレートな表現だ。難解だったら、なんの効果もない。

四十歳のころ、親しい道士の口ききで、玄宗皇帝に会える機会を得た。科挙によってではないが、詩文と道教のルートが役に立った。

故郷を出てから、十五年だ。それでも、ほかの人にくらべたら、いいほうだろう。

このころの李白は、ある女性と同居していたらしい。一生のうち、四人の女性と親密になったといわれるが、くわしいことはわからない。多くの説がある。

当時の中国では、男が官吏として仕官や転任した場合、妻子は同行しない。ついて行ったら、よそもの扱いされて楽しくないからか。また、高官になれたら、妻子も金銭的にかなり恵まれた生活ができるのだろう。

長安へ来た李白は、皇帝の妹の女道士の家に仮り住いした。道教の寺院らしい。

玄宗皇帝は、天子となって三十年。関白も幕府も、国会もない。絶大な権限を持ちつづけると、欠点も生じる。お気に入りの側近が出来やすい。

高島氏の本の年表では、楊貴妃が皇后に当る地位についたのは、李白の辞任後となっているが、実質的にはかなりの立場になっていたようだ。

李白は玄宗の側近になれたわけだが、この翰林院《かんりんいん》という役所は、いいかげんな存在。詔勅の文案も作るが、私的なものがほとんどだった。

ほかには、音楽の演奏家、歌手、踊り子、俳優など、芸術的な人たちもいた。天子を喜ばせ、盛り立てるのが主な役目。

詩を作らされ、それに曲がつけられ、歌われ、踊る。天子のそばにはいるが、権力とは関係がない。満足すべきかどうかは、その人による。

酒を飲んだのも、ひまだからだし、酔って出頭しても、とがめられない。その身分を、わきまえていなければならない。

酔った上でとされる詩も、読む人が読むと、かなりの苦心のあとを感じるという。まともに仕事をしようという気も、あったのだ。

「たしかに、官僚としての体験はない。しかし、楊貴妃を愛し、その親類を役につけるのなら、自分も重く用いてくれてもいいのに」

李白の本音だったろう。しかし、李白は男性で、後世でこれほど有名になるとは、玄宗にわかるわけがない。

宮中にいづらくなり、周囲も持てあまし、いくらかの金を与えて、追い出された。

「無力なので、隠退を申し出ます」

と李白が言い、帝がなだめ、それでもなおという形にすれば、ていさいはいいし、李白も言行が一致した。

宮中の派閥がらみといった、大げさなものではない。専属の芸能人が、非常識な言動をとったからである。

長安を出て、洛陽へ行った時、杜甫と友人になり、いっしょに旅をしたりした。

李白が五十歳になった時、洛陽あたりで、宗《そう》という、宰相を出した名家の娘と結婚。なぜか、もてる。いずれも宰相の名家というのも、少し変だが。宰相は、上級官僚の呼称かもしれない。

家業を手伝えば、平穏な余生をすごせたろう。収穫を見まわり、雨の日に詩を作っていれば、みごとな隠遁《いんとん》である。しかし、旅と仕官だけを考えてきたので、ここで適合できない。

中公文庫の『大唐帝国』によれば、当時の地方の行政官は、最高の生活だった。物価が安く、品物が豊富で、人件費も安い。俸給を金銭でもらえれば、笑いのとまらない毎日となる。

中央から地方へ来た高官は、地域に知人はないが、権力や収入はきわめて多い。才能のある者をそばにおき、話し相手、詩文など、ふさわしい仕事をやらせる。うまくやれば、各地を食って回れる。金にもなる。どこがいいとの、知識人の情報が流れていただろう。

李とは多い姓で、帝の姓でもある。だから、李という地方官がいると、親類のような顔で、なれなれしくなる。李白の詩には、親類をテーマにしたのが多い。父の姓についても、疑点があるのに。

「つまりは、高等コジキさ」

と評されても、やむをえない。つめたく追われることもあったらしい。よそへ行っても、詩の才能での渡世。きびしいものだ。

しかし、自分の気分をよんだ詩も作り、評価も高い。そうでなかったら、名は残らぬ。

五十六歳の時、安禄山の反乱。玄宗は十六番目の息子《むすこ》の永王《えいおう》に、揚子江の南の支配を命じた。李白は、この軍に参加した。血がさわいだのだろう。

いくつもの、勇ましい詩を作った。軍歌であり、兵士たちに歌われたかもしれない。

陣営を襲い　将を射殺し

敵の敗残兵を 千人も連れ帰る

李白には反戦的な詩もあるが、とにかく生活がかかっているのだ。

前に書いたが、安禄山は自滅。新帝が即位し、永王は反乱軍とされ、李白もつかまり、いかなる刑か予想もつかない。

多くの知人に詩を送り、弁明だの、助命などをはかる。あさましいが、現実だった。信念で反逆したのではない。

中央から来た役人のひとりが、李白を気に入り、部下に加えてくれた。獄から出られたが、それは一時的で、流刑ときまる。

李白はその辺境の地へむかい、護送者とともに、ゆっくりと旅をする。数ヵ月で恩赦となり、自由の身分となる。その情報も流れていたのかもしれない。

たちまち、逆もどり。都市に入り、客として宿泊できそうな人をみつけると、ゆっくり滞在する。

小さな反乱があり、名誉回復のために参加しようとしたが、もはや六十一歳。病気がち。活力の弱まったのをさとる。

白い髪は 三千丈《じょう》
愁《うれ》いもまた 長く深い
鏡の面《おもて》は明るいが
うつる姿は、もはや晩秋

やがて、同姓の役人にみとられて、死去。

高島氏の『李白と杜甫』を読むと、このように冷静な説得力がある。くわしくお知りになりたいかたは、お買いになって損はない。杜甫のこともわかるし。

杜甫は官僚の出で、儒学による教育が主だった。出世はしなかったが、詩にすぐれ、正統的であり、そのため悲憤の情など、読む者に救いのなさを与えるらしい。

二人は同時代であり、詩作にすぐれていたが、ライバル的な気分は持たなかった。同好の士としての仲だった。

李白は、役人になるのが終生の目標で、ずれた努力をし、うまくいかなかった。友人に贈る詩を量産したので、親友が多いようにみえるが、長期にわたる交友は、あまりなかったようだ。

しかし、そのような詩は日本では好まれず、酒、女、月といったテーマの詩が集められて、本になる。

『唐詩選』大木《おおき》惇夫《あつお》訳　金園社
『李白』福原龍蔵《ふくはらりゅうぞう》著　講談社現代新書
『李白』小尾《おび》郊一《こういち》著　集英社
『李白――詩と心象』現代教養文庫

それぞれ、原作に近い形のや、自己の好みで訳したのや、順を追ったのや、テーマ別にしたのや、特色のある詩集だ。

なかには、阿倍仲麻呂とは、おたがい科挙出身でないので親しくなったとの本もある。しかし、正しくは、阿倍は留学し、特別あつかいかもしれないが科挙に合格して進士《しんし》となり、まともな昇進をしている。李白との仲は、異国人への興味からだろうか。

詩集は、自由に読んで味わっていい。しかし、李白の作は、深読みもできる。たとえば「敬亭山」という詩がある。

渡り鳥も　雲も去った

静かに残されたのは　敬亭山とわたし

絵のような光景である。李白はこの地方の長官の側近、崔《さい》という人にとり入って滞在したことがある。多くの詩も捧《ささ》げた。

それなのに、重陽《ちょうよう》の節句の時。長官の供をした崔は、李白をさそわず、敬亭山へ遊びに行った。豪勢な行列だった。つめたいあしらいに、李白はうらみがましい詩を残している。

そのあとに「敬亭山」を作ったとしたら、孤独の実感も、人の心をうつ。ただの情景でなく、なにかの裏付けがあるからこそ、強い魅力となっているのだ。

どうやら、李白の詩は、全部が残っているのではないらしい。また、作られた年月も、正確とはいえない。消えたのは、売り込みや、あいさつ用の、それだけのものだっただろうし、そう思いたい。

酒仙とされているが、どの程度だったのだろう。アルコール分の濃い、蒸留酒はなかったはずだ。寄食している先ですすめられ、楽しくない酒もあったろう。職を求めての、つき合いの酒もあったろう。

短い年月とはいえ、皇帝のそばに仕えた。酒に溺《おぼ》れては、そうはなれない。いくらかの演技でもあったと思う。

大都市の長安は別とし、五十万以上の大都市が二十五もあり、中国人の七五パーセントは、揚子江の北に住んでいた。言語もそう違っていなくて、文化的な条件もそろっていたようだ。

女についての詩もある。夫と別れている女性を歌った。自分もそうだが、出張、行商、兵や武官など、淋《さび》しい妻も多かったろう。しかし、美人への思いの作品は、そうないのではないか。

月は、旅の友として、よく眺めたらしい。夜空を移り、満ちては欠け、そのくせ永遠。自分、そして道教への思いを託したのか。

李白は、官界での出世の夢にとりつかれた。しかし、なにか独自の行政案を持っていたのかとなると、不明である。

官職が目標となると、あたりさわりのある内容のは作れない。といって、難解であっては、役に立たない。複雑な感情のからみがありながら、明解な作。

こういう人の内面世界となると、容易な解明など、できるものではない。出世をめざしての副産物としての詩が、永遠の名作として残る。詩とは、そういうものなのか。

唐の全盛期という、時代のうみ出したものかもしれない。社会背景や、情景を調べはじめたら、きりがない。すでに、かなり深入りし、なぞの国へ入りかけた。

近代日本の詩人、西条八十《さいじょうやそ》との共通点のようなものを感じるが、そこもまた、なぞの世界なのだ。

とにかく、不可解な部分の多いものは、なぜか人の心をひく。

フィナーレ

このシリーズも、今回で一段落。そこで人生のフィナーレ、死を考えてみようとなった。たぶん、正解は出ないだろう。最近、これをテーマにした本が多い。性的なものがふえ、あきられ、そこでというものも多いだろう。なお、私の思考は、東洋思想をとりあげた時に、無や道に関して書いた。個人的なものだから、とくに主張はしない。

『生と死の境界線』
岩井寛《いわいひろし》・口述
松岡正剛《まつおかせいごう》・構成　講談社

前に、この著者の岩井氏による『森田療法』という本を読んだ。わかりやすい内容。あとがきによると、ガンにかかり、からだの半分が失明と難聴になったので、口述で仕上げたとのこと。
今後は意識のつづく限り、松岡氏を相手に声をテープに残す。いずれ死んだあと、それが本になるだろうとあった。

本書である。広告を見て、とりあえず入手をと、講談社の人にたのんだ。地味な本なので、できたら紹介をと言われた。

岩井氏の固定読者が多いのか、珍しい本なのか、多くの媒体がとりあげた。版も重ねたらしい。いまさらという形になってしまったが、熟読した。

岩井寛。一九三一、東京に生れる。上智大学経済学部卒。早稲田大学修士課程（美学専攻）修了。慈恵医大に入り、精神医学を専攻。医学博士となる。聖マリアンナ医大の助教授から、教授に。一九八八、死去。著書、多数。

学究的な人だったらしい。

松岡正剛。一九四四、京都に生れる。早稲田大学、仏文科卒。雑誌「遊」編集長を経て、編集工学研究所長。著書、多数。

オビに松岡氏の文の引用があるが、告白や闘病記でなく、実験報告で、しかし、なんの実験だったか、正確に言えないとある。

『森田療法』を読んだ時には、内容はちがうのに、鬼気せまるものを感じた。この本には、鬼気そのものが示される。人間には予期による不安がある。その実体を伝えたかったのかもしれない。

独自の指摘も多い。陶器は好きだが、プラスチック製の食器はいやだし、創《つく》る気にもならないと。それは、陶器は割れる条件を持っているからだ。

無神論者のせいか、東洋的な考えのせいか、死ねば「空無の世界」へ行くと信じている。釈迦《しゃか》もキリストもモハメッドも、ただの人間で、その信者たちが争うのは、いやなものだと言っている。

厚い本だが、会話がもとなので、難解ではない。しかし、前半の大部分は、過去の思い出である。余分な気もするが、そういうものなのか。各種の読み方ができる。

文学部時代、芥川龍之介《あくたがわりゅうのすけ》を論じ、死んでしまえば作品しか残らないと書いたらしい。しかし、本書のなかでは、自分は死んでも、語ったことに同感の人は出るだろうと、主張のずれもある。そこも微妙だ。

また「身内」という問題にふれ、家庭内暴力は日本だけと、興味ある発言もある。しかし、アメリカでは妻子をなぐる例は多いらしいし、くわしく知りたいものだ。

重態になると、両手の中指どうしが論争をはじめる。さらに悪化すると、数人による賢人会議の幻を見る。もっと麻酔薬をと思うが、自己の意識の自由を持っていたいと、最後まで力を尽くす。

そして、最後の電話も録音されているが、聴取不明や、内容の混乱が多くなる。ひとりの死に接した思いは残るが、それを理解したとは言いにくい。

右の本は六月発行だが、七月三十一日の日経新聞の文化欄に、作家の重兼芳子《しげかねよしこ》さんが「ある情熱」というエッセーをのせた。あまりに対照的なので、切り抜いておいた。

アメリカで会った、ガン患者たちの話。

「刑事コジャックに似てるだろう」

制ガン剤で毛髪の抜けた、十九歳の青年は、こう言って笑った。片方の目の摘出が、数日後という症状なのに。

「ここは居心地《いごこち》がいい。こう怠けすぎると、おれ、死ぬのを忘れそうだ」

重態の二十八歳の青年。十九で結婚し、働きつづけの人生だったそうだ。

苦痛を押さえる医学と、特定の宗教を押しつけないホスピスたちのおかげである。日本では、苦痛に耐えるのを美徳と、当人も周囲も思っているのではとも書いている。

こういう文を読むと、複雑な分野に、またも入り込んだなと、考えてしまう。

週刊文春の十一月十日号には、五十五歳で死去したテレビの人気キャスター、山川千秋《やまかわちあき》氏のガン闘病日記がのっていた。入院と同時にはじめた記録。

カツラを使っていたことを、はじめて明らかにする。病院内では、痛がる患者への内視鏡検査に疑問を投げる。この一文も、医療を変える一助になるだろう。

担当はいい医師だが、検査や薬の副作用は、不快なものらしい。日記は約五ヵ月にわたって書かれ、書けなくなって一ヵ月後に死去。幻覚を友人や夫人に語ったこともあったらしい。読んで、同情にたえない。

しかし、日本人はどうして、こういう文を書きたくなるのか。死の寸前まで、仕事をしつづけた記録の本は、たくさん出ている。自分をホスピス役にしなければならない、悲しい現状のせいか。

アメリカとの差は、どこから出てくるのだろう。宗教といっても、アメリカは各種のものが混在している。文化の差といったようにも思える。

それ以上は、私にもわからない。いずれ、そのあたりを論じた本が出るだろう。

『死ぬための生き方』　新潮45編　新潮社

最初に買ったのが、この本である。若いとはいえない年齢の、各界の人が死について書いている。

意外なことだが、どの人の文にも、暗さがまるでない。執筆者は、その時点では生きているせいか。岩井氏、山川氏の悲痛な文とくらべ、あまりにちがいすぎる。日本における告知の問題を、考えさせられる。

筆者のひとり鈴木俊平《すずきしゅんぺい》氏は、私の遠い親類に当るが、腸の大手術を受けたあと、ガンではなく結核性の腫瘍《しゅよう》と判明した。一回は覚悟をしたはずだが、くわしくは書いてない。ますます迷わされる。

本書で驚いたのは、もうひとつ。ほとんどの人が、宗教に触れていない。俳優の笠智衆《りゅうちしゅう》はお寺の息子なのに、それらしくない。

上智大学で教えるスイス人の学者も、キリスト教を語らず、ギリシャ神話的な世界を見た体験を書いている。心臓の不調で倒れた時のことだ。そして、肉体の危機に、脳内に発生する麻薬様物質かとも論じている。

斎藤茂太《さいとうしげた》氏は、告知の件は個人差があると言い、自分の場合は、日記帳に最後のひとコマを綿密に書き残したいとある。岩井氏と同じく、精神科の学者は、そういう気になるものなのか。

大部分の人が、神の審判、輪廻転生《りんねてんしょう》、天国など、信じていない。宗教が大流行の時代だが、現世利益の信仰ばかり。東洋文化の特色なのか。

中国では、もっと徹底している。わからないものは、論じようがない。死というものは、考えるのも口にするのも、不吉とされている。生を楽しむほうが大事と。

たしかに、不吉かもしれない。こんな分野は、手をつけるべきでなかった。しかし、ここでやめるわけにもいかない。

生を楽しめも正しいが、私たち日本人は、生の楽しみ方を知らない。私は昨年ぐらいから、テレビのくだらない番組を見るのは、貴重な人生の時間のむだと思うようにつとめてきたが、逆なのかもしれない。

麻薬と共存しにくい国民性なのか。麻酔薬を使うべき時に、覚醒剤《かくせい》を使い、余裕を除いてしまう。


『アイヌの霊の世界』

感覚だけの、からまわりになりかけた。少し話を変えなくてはならない。

藤村久和《ふじむらひさかず》著　小学館

この本は、角川の担当者が「参考に」と持ってきてくれたもの。霊が関係しているから、死への視点があると思ってだろう。

著者は一九四〇年に生れ、北海道教育大学を卒業。考古学、民俗学を専攻し、現在は北海道開拓記念館の研究職員である。

アイヌに関心を持ち、言葉を習い、二十年ちかい。その文化がかくも根強く残っているとは、予想外だった。

シンポジウムや座談会の文章化が多いが、ユニークな発見もある。カムイは神に相当するアイヌ語だが、これまでは日本語からの流用だろうとされてきた。ここでは、アイヌ語を借用し、日本語にとり入れたのだろうとの説を立てている。

岩波文庫の『アイヌ民譚集』や『アイヌ神謡集』は赤オビで、外国文学あつかいになっているとのこと。出席のウタリ協会教育文化部の部長も、不快がっている。

私の祖父、小金井良精《こがねいよしきよ》は、日本最初の解剖学教授で、人類学者。アイヌの研究も手がけた。本人は、正確に表記すればアイノが近いと主張しつづけたが、大勢にはさからえない。第一回は、明治二十一年に出かけている。

解剖学の延長なので、人骨測定による自然人類学の手法にもとづく推論。立てた仮説は、この日本にはずっとアイヌが住んでいた。やがて大陸や南北からの移住があり、それらの混血によって、日本人が出来上っていったというものである。

そんな気がするし、なっとくがゆく。文化人類学的な諸説については知らないが、骨の測定となると、科学的に思える。では、そのアイヌはどこからかの、なぞは残るが。

本書では、熊祭り《くままつ》の解説がある。天にいるカムイは、熊の仮面をつけて、この世に出現する。それを育て、殺すことで、神をもとにお帰しできるわけで、儀式となる。

中国やヨーロッパの、一段と高い存在に犠牲をささげるのと、異質な思考である。神も自然も人間も、共通なもので関連しているというものだ。

お盆とか、田の神とか、仮面劇の能など、日本独自のものは、アイヌ文化を基礎にしている。あるいは、戦前では発表しにくい説だったかもしれない。

日本は大陸から、文明や人を受け入れた。これは、疑いの余地のない事実だ。しかし、原日本人のアイヌ的な形への変化がないと、定着しなかっただろう。

「中国の人は、神をどう考えています」

在日の人に聞いたことがある。

「まあ、目に見えない作用。たとえば、神経なんて使いますね」

古い書物にも、天という字はあっても神という概念はない。カムイという訓を使わなければ、受け入れようがない。日本の神については、もっと調べてみたい。

また、日本語には、桜がパッと散った、ハラハラ散るなど、擬態語が多く、外国語に訳す人を悩ませる。その点、アイヌ語にも擬態語が非常に多く、しかも法則性を持っているそうだ。日本語の成立も、アイヌ語があってこそとなりそうだ。デリケートな感覚も、アイヌ文化からの関連ともある。自然環境の影響も、大いにあるだろう。

アイヌ語には、霊を意味する語が、十一もある。微妙さのあらわれだ。しかし、人体は魂の宿る容器という見方で、日本的なものといえる。

というわけで、生と死の参考にはそうならなかったが、この説に接したことは、喜びだった。文化のなぞが、少しとけた。これらは、生きていてこそ、実感できる。

日本文化とは、複雑である。いい例が臓器移植。同じころの東京新聞の切抜きは、橋《はし》本勇《もといさむ》（日本移植学会会長）、立花隆《たちばなたかし》（評論家）、波平恵美子《なみひらえみこ》（文化人類学）の三人の座談会がのっている。

この問題について、多くの本が出ていることは知っている。しかし、調べるのは、またの機会にしたい。また、割り切れるものではないだろう。

心臓死のあとなら、遺族もそう抵抗がない。げんに、腎臓《じんぞう》や角膜の提供の例はふえている。そもそも、火葬に異論は出ない。骨については、いくらかの思いはあるが、それも土にかえる過程だろう。

三人の話も、理屈は別として容易でないとの考え方に、橋本氏が反対できない。脳死について、多くの人は頭ではみとめているだろう。科学的だけでなく、心情をふまえての、新しい説得法が出てこなければならない。

『生き甲斐《がい》と死に甲斐』

会田雄次《あいだゆうじ》著　PHP研究所

題の上に「歴史に学ぶ」と、ついている。

第一章は、サラリーマンへの教訓。作家の藤島泰輔《ふじしまたいすけ》氏がフロリダへ移住し、のんびりとした例を引用。遊んだあげく、むなしくなり、アル中寸前となり、パリへ移って仕事をはじめた話。

趣味を楽しむというと高級だが、それは単なるくりかえしで、仕事のほうが変化や充実感がある。生きている質の問題に触れている。これは私の意見だが、日本人には無為が性格に合わないのだろう。

若者は、ディスコの音楽、ジョギング、占い、オカルトといった麻薬的なものにひたる。それでいて、麻薬そのものには、縁がない。

楽園のフロリダで、アメリカ人は大都市へ移ろうとしない。

著者は、余裕ある生活の夫人の言った例をあげている。東京オリンピックで、女子バレーで勝った日本選手の泣くのを見て、はげしい嫉妬《しっと》を感じたと。

当時は会田氏も若く、答えるのに苦労したらしい。

「奥さん。人間の生き甲斐に二種あるのでしょう。静かな安定と、努力をつづけたあげくの爆発的な歓喜と」

ひとつの見解だ。昭和十一年のベルリン・オリンピックの「前畑《まえはた》ガンバレ」の前畑選手。日本海海戦の東郷《とうごう》元帥。この二つに代表される生き方。一生に一回の燃焼を見せ、あとは余生。その覚悟がなくては、ありえないものなのだ。

第二章は、ルネッサンスへの賛歌。

いのち短し　恋せよ乙女《おとめ》
紅《あか》きくちびる　あせぬまに
あつき血潮の　冷えぬまに
明日《あす》という日は　ないものを

有名な「ゴンドラの歌」だが、ベニスの舟歌がもととはね。ルネッサンス期のイタリーは、文化が花ひらいた。

「現実のこの一瞬を、最高、最善とすべきである」との考え方である。形式的な宗教の神を、気にしなかった時代。

メディチ家による支配も、闘争や暗殺のあげくに手にした。疫病もはやり、海外貿易で利益をあげるのも、命がけだった。短い生を、いかに楽しむかともなるわけだ。

事実、やがてキリスト教の反発もあり、堕落は悪との主張が強力になり、その華《はな》やかさは消される。だが、新しい世への刺激となった。

日本の、徳川時代における鎖国では、安定が最優先で、爆発的な快楽とは無縁だった。

しかし、その前の南北朝から戦国時代までは、一瞬に生きる人が多かった。第五章に書かれている、高師直《こうのもろなお》と佐々木道誉《ささきどうよ》は、まるで知られていないが、その見本である。衣服も行動も、ひたすら派手。伝統を無視し、社会に反抗し、すべて自分の好きなように生きた。バサラ的な人生というらしい。遊ぶのも、命がけ。

「一期《いちご》は夢よ、ただ狂え」と愛唱した信長《のぶなが》も、バサラ人間の松永弾正《まつながだんじょう》には、一目《いちもく》おいたらしい。戦い、女、歌、花見、茶、すべて全力を傾けてこそ、快楽があった。

著者は雑誌での対談で、スポーツは生命の危険をともなうもので、つまり貴族の遊びが本来のあり方と、いいことを言っている。

ドナルド・キーンさんは『徒然草《つれづれぐさ》』のなかの一文を読み、衝撃を受けたとか。

「世はさだめなきこそ、いみじけれ」

生のはかなさの、積極的肯定で、ユニークなもの。しかし、目先を追うとも思われがちだともある。

この著者の文は、わかりやすく、逆説的でもあり、ひとつの参考になる。バサラ人間の話など、面白い。

しかし、働くのも遊ぶのも、日本人は熱心であるべきだという主張。これは、どうしようもないことか。なにかを考えさせてくれる本である。

『こんなふうに死にたい』

佐藤愛子《さとうあいこ》著　新潮社

父の死についての追憶からはじまるが、多くは著者の霊的な体験について書かれている。珍しい内容の本といえよう。

北海道で、一目ぼれした土地が気に入って、別荘を建てる。しかし、そのうち屋根の上を歩く音を聞いたり、本をつめたダンボールの箱が消えたりする。ここはアイヌの古戦場であって……。

といった話に関心のあるかたには、この上なく面白いだろう。本も、ずいぶん売れたらしい。「新潮45」に連載中にも読まれたらしく、ある医師から、精神状態の不安定によるものだとの、手紙が来たそうだ。

よけいな、おせっかい。霊ではなく、なにか合理的な解説ができ、奇現象を消滅させることができた上でならわかるが。

正直いって、私も判定は下せない。しかし、著者がこのような体験をしたことは、みとめるべきだろう。

それは、UFOについても同じで、錯覚や幻覚もあるだろうが、どこか普通でないなにかを見た人のいるのは、みとめる。他星からの飛来説には否定的だが。

霊的な現象について、研究までタブー扱いはよくないと思う。いちおうは、論じ合う傾向になってほしい。

『あの世からのことづて』
松谷《まつたに》みよ子著　筑摩書房

副題に「私の遠野物語」とある。

知りあいのおばあさんが、道を急いでいる。それを見て、病気がなおったのかなと思う。あとでわかるが、その時、おばあさんが死んだのだった。

といった話が、六十二編もおさまっている。この収集の努力には、敬服する。どれも短く、わかりやすい民話だ。現実の体験談として、書かれている。ただし「あの世」のことは、そうくわしくない。

私としては、かなりの率で、本当の話ではないかと思う。虫のしらせについては、昔から多くの例がある。私も一回だけ、そんな体験をしている。

前にとりあげたアイヌの本にのっていたが、アイヌのなかには、鋭い感受性を持った者がいる。超能力では誤解があるので、そうは呼ばない。

何日あとに、だれが訪れてくるか、わかるのである。本人がそこへ行こうと、きめる前にだ。無意識の部分でその決定をしようとする前に動いているのを、察知するとでも形容しておくか。

その能力は、自分の子に伝わるとは限らない。しかし、一族のだれかに、それが伝わり、あとで発揮される。

となると、長い年月によってアイヌ族との混血がなされ、いわゆる日本の住民が成立したとする。その能力が、どこかに残っていて、持ち主も気づかずにいるかもしれない。怪異体験の多くは、単独でである。

こんな仮定を、たてたくなる。親しい者の死を遠くで知る話は、外国にくらべて多いのではないか。エスキモーの視力は、驚くほどよい。おかれた自然によって、能力の伸びかたもちがうのだろう。

日本の国土は山あり谷あり、視力はさほど大事ではない。樹木も多い国で、その補助作用もあるかもしれない。ひとつの仮定だが、私はオカルト盲信者ではないのだ。民話について、私は入念に調べたことはないが、日本のものは、どこか特色があるようだ。そのへんも、なにかの手がかりになるかもしれない。

『因果応報の法則』

丹波《たんば》哲郎《てつろう》著　カッパブックス

「死後界へのパスポートは何か」と副題にある。この著者のを省くわけにはいかない。これを代表作としていいのかは、わからないが。読みやすく、わかりやすい。

よく勉強している。末尾の参考文献も多いし、新聞記事の引用もあり、資料をかなり集めているようだ。

説得力もある。生れた年ものっているが、十歳ちかく若く見える。守護霊の話も面白い。著者は守護霊によって、軍隊ではだめ人間あつかいされ、戦地へも行かず、ぶじに生きのびる。

戦後は英語ができそうだと、ＧＨＱ（連合国軍総司令部）で働かされ、楽な生活をする。運よく映画界へ入り、司令官や武将の役をこなすのだから、見えない力を思わせる。

好運と片づけるか、守護霊のおかげととるか、各人の判断による。好運なら、終ることもあろう。しかし、守護霊と信じれば、人生に自信を持てるのだ。よけいな解説かな。

この本によれば、死後、よほどの悪事をしていなければ、霊界へ行ける。肉体から離れ、上方へ行き、光に包まれ、気の合った仲間のグループに入れる。

死んだとみなされ、息をふきかえした体験者の話には、このような例が多い。本当であってほしいものだ。

丹波氏はある雑誌で、これはエンドルフィンという脳内物質の作用と、科学的なことを書いていた。そうなると、幻覚となってしまい、霊界実在説が弱まるのではないか。

本書によると、霊界ではだれもが二十歳。仮定としても、面白い。あの世では、欲望も、知識の差もないのなら、外見や肉体など、どうでもいいように思えるが。しかし、老化現象に悩まなくてすむことを、そう理想化しているのなら、理解できる。

要はいかに、死と安らかに対面できるかである。こういう説をもとに、各人が自分なりに修正していいのではないか。考えて変に沈むより、できれば明るい見方をしたほうが、どんなにいいことか。

霊界では宗教の差もなく、仏教徒も、キリスト教徒も同じとある。しかし、ヒンズー教徒もとなると、どうだろう。生れかわり、転生を信じる宗教である。

また、霊界へ記憶が持ち込めるかどうか。脳細胞を離脱しても、ホログラフ的な作用がつづいているのか。

とにかく、未知の世界について、これだけ個性的、精力的に、変に神がからずに論じている人は貴重である。ただ恐怖するより、前むきに考えるほうがいい。

いろいろ、ヒントがちりばめてある。死に関心のある人がふえているとすれば、転生の心配のせいかもしれない。さらに新しい人生とは、悪くないようだが、いまの日本に戻れるのかどうか。

食料不足の地域、内戦の地域など、好ましいところは少いのだ。再生したはいいが、数ヵ月で死亡では、かなわんものな。

話は変るが、テレビで見て考えさせられたのは食料不足の地域。やせおとろえた幼児が画面にうつるが、母親は元気だ。援助の食料を、まず母親が食べ、残りを幼児に与えているのではないか。

動物界なら、餌《えさ》の不足で、母親の生殖能力が落ち、バランスがとれる。人間界だと、母親は子を産みつづけ、その子たちは、早く死ぬ。援助地獄という、新型のもの。霊界から出ないほうが、いいかもしれない。

科学者は、霊界でどうする。その空間の法則性を調べるか。技術者は、人間界のテレビの受信セットを作るか。こうなると、よくあるSFだ。

関心のある者が、分野を越えて集って、霊界を大いに論じたらと思う。あやしげな新興宗教など、淘汰《とうた》される。予期しない発言も出るだろう。それへの討論。新しい時代が来るような気がするのだが。


『人間最後の言葉』

C・アヴリーヌ著
河盛好蔵《かわもりこうぞう》訳　筑摩書房

文字どおり、名の知れた人の、最後の言葉の集大成である。巻末のほうから、目についたものを引用してみる。一部、私なりの文に直したのもある。

「死んだら、たずねてこなくていいわよ」は、女流画家のマリー・ローランサン。

「助けてくれ。死にそうだ」は、作家のシンクレア・ルイス。

「骨董品《こっとうひん》の手当ては、もういい」とは、作家のバーナード・ショーが看護婦に。

「死ぬのに忙しいから、そばにくるな」は、SF作家のH・G・ウェルズ。

「死体をよく焼いてくれ」とは、ヒトラーが、ゲッベルスに。

「あの世は美しいようだぜ」は、エジソン。

「じゃあ、またそのうち」は、作家のマーク・トウェイン。

「この国では、女に政治への口出しをさせないように」は、西太后《せいたいこう》。

「もう、だめだ」は、パスツール。

この本はかなり昔に、ほかの出版社から出て、面白く読んだ。今回、また手にしたわけだが、全訳で量が倍になっている。

こういったものは、短い文で構成されていれば読みやすいのだが、改行の少い文で、人物の略伝がくっつくと、かなわない。つまり、その前半は読むことはない。文庫化の時は、二巻目がおすすめというわけだ。

読んで昔ほど感銘がなかったのは、私も人生で感覚がすれてしまい、どこまで本当か疑わしい気になったからかもしれない。

アインシュタインが、アメリカで病死した時、なにかをつぶやいた。ドイツ語だったため、英語しかわからぬ看護婦には通じなかった。そのようなのが、現実ではないか。

さきにあげた岩井氏の本も、それに当るものはない。山川氏の文も、途中の「虚飾のテレビの世界よ、さらば」あたりを、最後の言葉としたい。

こうなってみると、それらしきものを創作してみるとするか。

「もっと、酒を」エドガー・アラン・ポー。

「聞いてくれ。深いわけが」は明智《あけち》光秀《みつひで》。

「うまくやれば、三百年はもつよ」が徳川家康《とくがわいえやす》。

「いい家臣がいるのに、なんであんな主君が」は吉良《き》上野介《こうずけのすけ》。

「おれの名は、永久に残るだろう」とピタゴラス。

「おれもだ」はアルキメデス。その昔、ツタンカーメンも言ったらしい。

「つぎの目ざめが楽しみだわ」と白雪姫。

「伝記を映画化する時は、タフな俳優を使ってくれ」とランボー。

「ロリコン趣味じゃ、なかったぜ」は、足長おじさん。

「あしたも死ぬわよ」は、バレエの瀕死《ひんし》の白鳥。

「死んだら、新品を買うことだね」はクマのプー。

「新品は、おれに劣るぜ」とピノキオ。

「やられた、鬼が島の残党のしわざにちがいない」は桃太郎。

「では、続編で」とドラキュラ。

「異性がいなくなっては、生きていてもつまらない」と最後の恐竜。

簡単そうだし、面白そうだな。そうお思いなら、なにかお作りになってみて下さい。文筆業の才能があるかの、試験問題。

『笑死小辞典』
エラクレス、シュルザノスキー編
河盛好蔵訳　立風書房
「わらいじに」と読んでほしいとのこと。イラストつきで、人物紹介も注のように短く、読みやすく面白い。

まず、墓碑銘。

「この人の死を惜しまない。こいつに横取りされた金が惜しいのだ」

「相続人は、なげくだろう。しかし、生きかえったら、さらになげく」

「わが妻、やすらかにここに眠る。われも、やすらかにくつろごう」

「早すぎたと思う人もいようが、待たせすぎたと言う人もいよう」

「画家はついに、静物となった」

こんな文句が、並んでいる。フィクションかと思う人もいようが、本当かもしれない。日本の明治十年代、碑を立てるのが流行し、碑の林ができると心配する人もいた。

他人の作った碑の文章に文句をつけ、裁判で勝った。しかし、訂正しないので、そばに判決文の碑を建てた。ふざけたものが、あったかもしれない。

百科事典によると、エジプト時代の石棺に、名、官職、年齢をきざんだのがある。ギリシャ時代には長い文となり、ローマ時代になって短くなる。なお、シェークスピアの墓には、自分の文でこう刻まれている。

「友よ。願わくば、静かに眠らせてくれ。墓を動かそうとする者は、のろわれよ」

まともな文章だ。

女スパイのマタ・ハリは銃殺される前に、銃を持つ十二人に「こんなに大ぜいの男が同時にとは、はじめてよ」と言ったとか。

前にあげた本では「ごくろうさま」とある。どちらも適切だが、二つをつづけてでは、お笑いになってしまう。

死刑囚の最後の言葉、いろいろ。

独房を出る時に「忘れ物はと」

電気椅子《いす》の上で「牧師さん、わたしの手をにぎっていて下さい」

このへんになると、ヒトコマ漫画だ。私の新潮文庫『進化した猿たち』のなかの、死刑囚漫画と似たようなものだ。

現実は、いかに明白な犯人でも「やってないのです」と言うらしい。

しかし、本書には、考えさせる文章ものっている。

「死は深刻な声で、私たちに話しかける。だが、内容はなにもない」

詩人、ポール・ヴァレリーの文。知りようがないと、ウィットで処理したくなる。

「死んでも、時たま目ざめることができたら、夢と同じなのに」

とは、ルナールの文。フランスの劇作家、シャンフォールの文は、

「死ぬことを学ぶんだって。なんのためだ。下調べしなくても、うまくゆくよ」

こんなのを読むと、終りにしたくなる。

死に関連した本は、小説から超自然まで含めたら、ほかにたくさんある。きりがないし、自分なりに考えをまとめるしかない。正体不明が、神秘なのだ。むかし「いわく不可解」と遺書を残し、投身自殺をした青年がいたが、どういうつもりか。もっと書いてみたいが、から回りの見本になるばかり。

あとがき

雑誌の「野性時代」に一月おきに連載し、まとめたら、このような本が出来た。あるいは、前例のないタイプかもしれない。

世の中には、読書ノートのような本は多い。私もまた、小説以外の本は乱読の傾向だった。面白そうだなと思って買うと、そうなる。方針のない、食べ歩きのようなものだ。テレビばかり見て、本を読まないのにくらべたら、まだましか。テレビは眺めて楽しいし、長所もあるが、思考する深さに限界があるようだ。

かつて、公共の乗り物のなかの「ナンチャッテおじさん」の本が出た。全国からの目撃例を集めたもので、くだらない内容といえるだろう。しかし、火つけ人がいて、すべてがフィクションと判明した時、考えさせられた。こんなことが、起りうるとは。

小説の本、とくによく作られた短編集は、熟読した。職業にからんでいるのだ。なれてくると、パターン認識というのか、アイデアとストーリーが頭に残る。類似の作を書くのが避けられ、選考の時の役にも立つ。

一方、乱読した本は、新聞や週刊誌と大差なく、すぐに忘れてゆく。そのような内容のも多いだろうが、有益なものもあるのではないか。

そんな疑問もあって、テーマ別に、集中して読んでみる気になった。最初の「つぎの未来は」や「発想法、あれこれ」のなかの本には、以前に乱読して書庫にあったのがある。こうまとめると、ひとつの整理がなされ、頭のなかで形をとる。本の山も、惜しげもなく処分できる。

捨てるのではない。亡父の出生地の市立図書館に、宅配便で送るのだ。いざとなれば見に行ける。そうはなるまいが。

そのほか、好奇心の対象となったものの本を、まとめ読みした。ジプシーなど、新知識をえた。他人との会話で、これを話題にし、ひと時をすごせる。日本人は受け身の情報ばかりで、発信がうまくない。ひとつのサービス精神で、なにかの参考になればいい。

李白の一面も、なるほどだ。場所も時代もちがうが、太宰治との共通点を感じた。全力をそそいだ演技で、他人の注目をあび、心に入り込もうとする文ということで。

こういう作業のあと、本書のなかの「発想法、あれこれ」を読みかえすと、なっとくがゆく。データの記憶ではいけないのだ。好奇心、疑問、比較、整理をすると、なにかの時に、活用しやすい。

もっと早くやっていればと後悔もするが、あまり若いうちは、むりかもしれない。さらにつづけるかどうかだが、やるとしても、締切りなしでだろう。むりを重ねてでは、うまくいかない。

お読みのかたの感想は知りようがないが、私としては珍しく、楽しんだ上での本といえそうだ。

平成元年五月

解説「博識 星新一」

豊田有恒

星新一さんは、先輩作家でもあり、私たち夫婦の仲人《なこうど》でもある。年齢は一回り上の同じ寅年《とらどし》だから、十二歳上ということになるが、なくなるまで、ずっと横並びの友人として付き合ってくださった。星さんから、上から目線で、ものを言われたことがない。

そこで、星さんへの甘えついでに、敬称略で、語らせてもらうことにする。星新一という作家が、同じSF作家仲間で、両巨頭とまで称された小松左京《こまつさきょう》に匹敵する博識な人だということは、あまり知られていないのではないだろうか。黎明期《れいめいき》のSF界では、旅行などする際、星、小松の二人は、同じ車に乗せないという不文律があった。つまり、危機管理というわけだ。万一、事故でも起こったりして、二人の身になにかあったら、できたばかりの日本SFが壊滅してしまうからだ。

小松左京のほうが、星新一より、ずっと、話好きで、情報マニアのような人だから、二人そろっていると、小松の蘊蓄《うんちく》が目立ってしまうのだが、星ひとりのときだと、歴史の話、エネルギーの話など、われわれ後輩に教えてくれる。これが大変な博識で、いつも勉強になった。ありがたい体験だった。

ここでは、星の『きまぐれ学問所』の解説を書かせてもらうことになった。星学ともいうべき博識の集大成である。

ショートショートの神様とまで呼ばれた星新一は、星製薬、星薬科大学の創始者として有名な星一《ほしはじめ》の長男として生まれた。父親の一は、アメリカのコロンビア大学を卒業した修士で、国際人である。星一は、多くの著書を著しているが、その中には『三十年後』というSF小説もある。この父にして、この子あり、といった典型だろう。

新一は、この父親の薫陶《くんとう》を受けて、御曹司として育った。子どもの頃、運転手付きの自家用車で送られる途中、なぜかドアが開いてしまい、道路に転落したことがある。車など普及していない時代だから、それほど車は通っていない。幸い後続車に轢《ひ》かれることもなく、無事だった。

やがて、新一は、東京大学農学部へ進学し、農芸化学を学んだ。いわゆる第一期SF作家のなかでは、数少ない理系作家である。父親の後をついで、星製薬を立て直そうとするのだが、倒産に追いやられる。この間の事情について、新一は、『人民は弱し 官吏は強し』で書いている。

新一の教養は、理系だけに留《とど》まらない。古代から未来へ、あらゆる分野に亘《わた》っている。膨大な読書体験のせいだろう。この本でも、前書き風の第一章では、未来予測に関して、多くの書籍を紹介し、それぞれについてコメントしている。第二章では、打って変わって、ジプシー（ロマ）に関して述べる。エジプシャン（エジプト人）が訛《なま》ったとも言われる謎の民族について、関係書を挙げながら、星自身の解釈、感想を加えている。情報は、わかりやすく、簡潔に書かれているが、学問所という書名どおり、ここに書かれたこと以外に、膨大な蓄積があってのことだろう。ナチスドイツが、ユダヤ人ばかりでなく、五十万人とも言われるジプシー（ロマ）を虐殺した話は、わたしも、つい最近になって知ったばかりだが、この本で早くも書かれている。

『文章読本』を読んで」。この一章を読むだけでも、お買い得。ショートショートの名手が、多くの文章読本を、俎上《そじょう》に挙げて、実際に文章の書きかたを教えてくれるのだから、ありがたい話だ。わたしも、作家になる前に、読んでおきたかったくらいだ。この本で、星新一は、文章を書く上でのタブーを、おかしている。文章には、ですます調と、である調がある。ですます調のほうが口語的だから、わかりやすい。たいていの文章論では、この二種類の文体を、混ぜてはいけないとしている。星は、この本で、わざと、ですます調と、である調を、混用している。わざとタブーをおかすことによって、判りやすくするところは、ですます調にして、強調しているのだ。

「凧《たこ》のフランクリン」は、アメリカの啓蒙《けいもう》家、発明家ベンジャミン・フランクリンの話。多くのフランクリン伝から、その実像を教えてくれる。

また、次の「ファシスト人物伝」も、星らしい皮肉なテーマ。アーネスト・ヘミングウェーの名作『誰《た》がために鐘は鳴る』は、スペイン内戦を描いた傑作で、映画化もされている。ファシストとして、独裁者フランコ将軍は、敵方とされているが、知られざる一面を語ってくれる。新兵器のテスト場とまで言われ、ヒトラーには世話になっているが、フランコは、大戦ではナチスに加担しない。しかも、死後は独裁を止めて、王制復古を遺言する。意外である。

以下、「人生について」、「エスキモーとそのむこう」「老荘の思想」など、いろいろなテーマの本を、わかりやすく示したうえで解説。星の興味関心が、少数民族から中国の諸子百家《しょしひゃっか》の思想まで、多岐にわたる読書からもたらされたことがわかる。ダイジェストして判り易く解説してもらえるのだから、ありがたい。

発想法に関する章は、千篇以上のショートショートを書いた星新一のアイデアにこだわる研究である。面白いもの、くだらないものなど、笑ったり、感心したりしながら読めるように工夫してある。アイデアを得るには、近道はない。ああでもない、こうでもないと、たくさんのアイデアを考えたうえで、使えるのはごく僅《わず》かだということだ。いろいろな本を紹介しながら、商品開発、作家志望、マーケティングなど、多くの分野の人々にとって有益な資料となっている。

次は、唐代《とう》の中国に、話が戻る。酒仙《しゅせん》と呼ばれた詩人李白《りはく》について、多くの書物を参考にして、謎の詩人像を描き出す。そして、最後の「フィナーレ」という章。人間の死に方を、考える。読みどころは、星新一が考えた有名人の最期の言葉。これは、それぞれ、もっとも短いショートショートになっている。例えば、桃太郎《ももたろう》。「やられた、鬼が島の残党のしわざにちがいない」

こういった調子で、白雪姫《しらゆきひめ》だの、明智《あけち》光秀《みつひで》だの、多くの人々の最期の言葉を、創作してしまったうえで、読者も作って見ろと挑戦している。

星新一なら、その博学を活《い》かして、この手の本をもっと書けたはずなのだが、これ一冊しかないのは惜しい。

最後に、星新一の不思議。多くの評論家が触れていないことだが、これほど博識な星新一が、千篇以上のショートショートのなかで、なにかの資料の引用を、一度もしていない点である。すべて、星の頭のなかで組み立てられたフィクションだけである。わたしなど、なにかを調べるたびに、せっかく調べたのだからなどと欲を出して、つい書きすぎてしまい、いわゆる資料倒れになってしまう。ここも、星新一の凄《すご》い点である。

本書は、一九八九年六月に刊行された
角川文庫を改版したものです。

きまぐれ学問所《がくもんじょ》

星《ほし》 新一《しんいち》

平成元年 6月25日 初版発行
令和2年 4月25日 改版初版発行
令和6年 6月15日 改版8版発行

発行者●山下直久

発行●株式会社KADOKAWA
〒102-8177 東京都千代田区富士見2-13-3
電話 0570-002-301（ナビダイヤル）

角川文庫 22119

印刷所●株式会社KADOKAWA
製本所●株式会社KADOKAWA

表紙画●和田三造

ISBN 978-4-04-108309-3 C0195

◆◆◆

角川文庫発刊に際して

角川源義

第二次世界大戦の敗北は、軍事力の敗北であった以上に、私たちの若い文化力の敗退であった。私たちの文化が戦争に対して如何に無力であり、単なるあだ花に過ぎなかったかを、私たちは身を以て体験し痛感した。西洋近代文化の摂取にとって、明治以後八十年の歳月は決して短かすぎたとは言えない。にもかかわらず、近代文化の伝統を確立し、自由な批判と柔軟な良識に富む文化層として自らを形成することに私たちは失敗して来た。そしてこれは、各層への文化の普及滲透を任務とする出版人の責任でもあった。

一九四五年以来、私たちは再び振出しに戻り、第一歩から踏み出すことを余儀なくされた。これは大きな不幸ではあるが、反面、これまでの混沌・未熟・歪曲の中にあった我が国の文化に秩序と確たる基礎を齎らすためには絶好の機会でもある。角川書店は、このような祖国の文化的危機にあたり、微力をも顧みず再建の礎石たるべき抱負と決意とをもって出発したが、ここに創立以来の念願を果すべく角川文庫を発刊する。これまで刊行されたあらゆる全集叢書文庫類の長所と短所とを検討し、古今東西の不朽の典籍を、良心的編集のもとに、廉価に、そして書架にふさわしい美本として、多くのひとびとに提供しようとする。しかし私たちは徒らに百科全書的な知識のジレッタントを作ることを目的とせず、あくまで祖国の文化に秩序と再建への道を示し、この文庫を角川書店の栄ある事業として、今後永久に継続発展せしめ、学芸と教養との殿堂として大成せんことを期したい。多くの読書子の愛情ある忠言と支持とによって、この希望と抱負とを完遂せしめられんことを願う。

一九四九年五月三日

角川文庫ベストセラー

きまぐれ星のメモ　星新一

日本にショート・ショートを定着させた星新一が、10年間に書き綴った100編余りのエッセイを収録。創作過程のこと、子供の頃の思い出——。簡潔な文章でひねりの効いた内容が語られる名エッセイ集。

きまぐれロボット　星新一

お金持ちのエヌ氏は、博士が自慢するロボットを買い入れた。オールマイティだが、時々あばれたり逃げたりする。ひどいロボットを買わされたと怒ったエヌ氏は、博士に文句を言ったが……。

ちぐはぐな部品　星新一

脳を残して全て人工の身体となったムント氏。ある日、外に出ると、そこは動くものが何ひとつない世界だった（「凍った時間」）。SFからミステリ、時代物まで、バラエティ豊かなショートショート集。

きまぐれ博物誌　星新一

新鮮なアイディアを得るには？　プロットの技術を身に付けるコツとは——。「SFの短編の書き方」を始め、ショート・ショートの神様・星新一の発想法が垣間見える名エッセイ集が待望の復刊。

宇宙の声　星新一

あこがれの宇宙基地に連れてこられたミノルとハルコ。〝電波幽霊〟の正体をつきとめるため、キダ隊員とロボットのプーボと訪れるのは不思議な惑星の数々。広い宇宙の大冒険。傑作SFジュブナイル作品！

角川文庫ベストセラー

角川文庫ベストセラー

きまぐれエトセトラ　星　新一

何かに興味を持つと徹底的に調べつくさないと気がすまないのが、著者の悪いクセ。UFOからコレステロールの謎まで、好奇心のおもむくところ、調べつくす〝新発見〟に満ちた快エッセイ集。

声の網　星　新一

ある時代、電話がなんでもしてくれた。完璧な説明、セールス、払込に、秘密の相談、音楽に治療。ある日マンションの一階に電話が、「お知らせする。まもなく、そちらの店に強盗が入る……」。傑作連作短篇！

きまぐれ体験紀行　星　新一

好奇心旺盛な作家の目がとらえた世界は、刺激に満ちている。ソ連旅行中に体験した「赤い矢号事件」、マニラで受けた心霊手術から断食トリップまで。内的・外的体験記7編を収録。

三毛猫ホームズの推理　赤川次郎

時々物思いにふける癖のあるユニークな猫、ホームズ。血、アルコール、女性と三拍子そろってニガテな独身刑事、片山。二人のまわりには事件がいっぱい。三毛猫シリーズの記念すべき第一弾。

三毛猫ホームズの追跡　赤川次郎

片山晴美が受付嬢になった新都心教養センターで事件が……金崎沢子と名乗る女性が四十数万円の授業料を払い、三十クラスの全講座の受講生になった途端に、講師が次々と殺されたのだ。

角川文庫ベストセラー

ドミノ　恩田　陸

一億の契約書を待つ生保会社のオフィス。下剤を盛られた子役の麻里花。推理力を競い合う大学生。別れを画策する青年実業家。昼下がりの東京駅、見知らぬ者同士がすれ違うその一瞬、運命のドミノが倒れてゆく！

チョコレートコスモス　恩田　陸

無名劇団に現れた一人の少女。天性の勘で役を演じる飛鳥の才能は周囲を圧倒する。いっぽう若き女優響子は、とある舞台への出演を切望していた。開催された奇妙なオーディション、二つの才能がぶつかりあう！

メガロマニア　恩田　陸

いない。誰もいない。ここにはもう誰もいない。みんなどこかへ行ってしまった――。眼前の古代遺跡に失われた物語を見る作家。メキシコ、ペルー、遺跡を辿りながら、物語を夢想する、小説家の遺跡紀行。

夢違　恩田　陸

「何かが教室に侵入してきた」。小学校で頻発する、集団白昼夢。夢が記録されデータ化される時代、「夢判断」を手がける浩章のもとに、夢の解析依頼が入る。子供たちの悪夢は現実化するのか？

失われた地図　恩田　陸

これは失われたはずの光景、人々の情念が形を成す「裂け目」。かつて夫婦だった鮎観と遼平は、裂け目を封じることのできる能力を持つ一族だった。息子の誕生で、2人の運命の歯車は狂いはじめ……。

角川文庫ベストセラー

八月の六日間　北村　薫

40歳目前、雑誌の副編集長をしているわたし。仕事はハードで、私生活も不調気味。そんな時、山の魅力に出会った。山の美しさ、恐ろしさ、人との一期一会を経て、わたしは「日常」と柔らかく和解していく——。

新装版　覆面作家は二人いる　北村　薫

19歳でデビューした覆面作家の正体は、大富豪のご令嬢・新妻千秋。だが、担当となった若手編集者・岡部良介は、ある事件の話をしたことから、お嬢様の意外すぎる顔を知ることに。名手による傑作ミステリ！

新装版　覆面作家の愛の歌　北村　薫

ミステリ界にデビューした新人作家の正体は大富豪の美貌のご令嬢。しかも彼女は現実の事件の謎までも鮮やかに解き明かす。3つの季節の事件に挑むお嬢様探偵の名推理、高野文子の挿絵を完全収録して登場！

新装版　覆面作家の夢の家　北村　薫

12分の1のドールハウスで行われた小さな殺人。そこに秘められたメッセージの意味とは？　美貌のご令嬢にして覆面作家、しかも名探偵の千秋さんと若手編集者・岡部良介の名コンビによる推理劇、完結巻！

遠い唇　北村　薫

コーヒーの香りでふと思い出す学生時代。今は亡き、慕っていた先輩から届いた葉書には謎めいたアルファベットの羅列があった。小さな謎を見つめれば、大切な事が見えてくる。北村薫からの7つの挑戦。

角川文庫ベストセラー

ふちなしのかがみ　辻村深月

冬也に一目惚れした加奈子は、恋の行方を知りたくて禁断の占いに手を出してしまう。鏡の前に蠟燭を並べ、向こうを見ると――子どもの頃、誰もが覗き込んだ異界への扉を、青春ミステリの旗手が鮮やかに描く。

本日は大安なり　辻村深月

企みを胸に秘めた美人双子姉妹、プランナーを困らせるクレーマー新婦、新婦に重大な事実を告げられないまま、結婚式当日を迎えた新郎……。人気結婚式場の一日を舞台に人生の悲喜こもごもをすくい取る。

今夜は眠れない　宮部みゆき

中学一年でサッカー部の僕、両親は結婚15年目、ごく普通の平和な我が家に、謎の人物が5億もの財産を母さんに遺贈したことで、生活が一変。家族の絆を取り戻すため、僕は親友の島崎と、真相究明に乗り出す。

夢にも思わない　宮部みゆき

秋の夜、下町の庭園での虫聞きの会で殺人事件が。殺されたのは僕の同級生のクドウさんの従妹だった。被害者への無責任な噂もあとをたたず、クドウさんも沈みがち。僕は親友の島崎と真相究明に乗り出した。

ブレイブ・ストーリー (上)(中)(下)　宮部みゆき

亘はテレビゲームが大好きな普通の小学5年生。不意に持ち上がった両親の離婚話に、ワタルはこれまでの平穏な毎日を取り戻し、運命を変えるため、幻界〈ヴィジョン〉へと旅立つ。感動の長編ファンタジー！

角川文庫ベストセラー

空想科学読本
3分間で地球を守れ!?

柳田理科雄

『ウルトラマン』『ONE PIECE』『名探偵コナン』『シン・ゴジラ』『おそ松さん』など、世代を超えて愛されるマンガ、アニメ、特撮映画を科学的に検証！

空想科学読本
正義のパンチは光の速さ!?

柳田理科雄

『空想科学読本』シリーズから、よりすぐりのネタを集めた文庫の第2弾。『銀魂』『黒子のバスケ』『新世紀エヴァンゲリオン』『キャプテン翼』など、新旧の人気少年マンガを中心に全面改訂でお届けする。

空想科学読本
滅びの呪文で、自分が滅びる！

柳田理科雄

ベストセラー『空想科学読本』シリーズから原稿を厳選収録！ 定番の名作から、『ポプテピピック』『スプラトゥーン』などの話題作まで、31コンテンツを検証！

9の扉

北村 薫、法月綸太郎、殊能将之、鳥飼否宇、麻耶雄嵩、竹本健治、貫井徳郎、歌野晶午、辻村深月

執筆者が次のお題とともに、バトンを渡す相手をリクエスト。9人の個性と想像力から生まれた、驚きの化学反応の結果とは!? 凄腕ミステリ作家たちがつなぐ心躍るリレー小説をご堪能あれ！

SF JACK

新井素子、上田早夕里、冲方 丁、小林泰三、今野 敏、堀 晃、宮部みゆき、山田正紀、山本 弘、夢枕 獏、吉川良太郎
編／日本SF作家クラブ

SFの新たな扉が開く!! 豪華執筆陣による夢の競演がついに実現。物語も、色々な世界が楽しめる1冊。変わらない毎日からトリップしよう！

角川文庫ベストセラー

きみが見つける物語　十代のための新名作　スクール編

編／角川文庫編集部

小説には、毎日を輝かせる鍵がある。読者と選んだ好評アンソロジーシリーズ。スクール編には、あさのあつこ、恩田陸、加納朋子、北村薫、豊島ミホ、はやみねかおる、村上春樹の短編を収録。

きみが見つける物語　十代のための新名作　放課後編

編／角川文庫編集部

学校から一歩足を踏み出せば、そこには日常のささやかな謎や冒険が待ち受けている――。読者と選んだ好評アンソロジーシリーズ。放課後編には、浅田次郎、石田衣良、橋本紡、星新一、宮部みゆきの短編を収録。

きみが見つける物語　十代のための新名作　休日編

編／角川文庫編集部

とびっきりの解放感で校門を飛び出す。この瞬間は嫌なこともすべて忘れて……読者と選んだ好評アンソロジーシリーズ。休日編には角田光代、恒川光太郎、万城目学、森絵都、米澤穂信の傑作短編を収録。

きみが見つける物語　十代のための新名作　友情編

編／角川文庫編集部

ちょっとしたきっかけで近づいたり、大嫌いになったり。友達、親友、ライバル――。読者と選んだ好評アンソロジー。友情編には、坂木司、佐藤多佳子、重松清、朱川湊人、よしもとばななの傑作短編を収録。

きみが見つける物語　十代のための新名作　恋愛編

編／角川文庫編集部

はじめて味わう胸の高鳴り、つないだ手。甘くて苦かった初恋――。読者と選んだ好評アンソロジーシリーズ。恋愛編には、有川浩、乙一、梨屋アリエ、東野圭吾、山田悠介の傑作短編を収録。